L'AMIE
INTIME

PAR

Mme OLYMPE AUDOUARD

PARIS

F. DENTU, ÉDITEUR

Libraire de la Société des Gens de Lettres

PALAIS-ROYAL, 17-19, GALERIE D'ORLÉANS

L'AMIE INTIME

A LA MÊME LIBRAIRIE

Ouvrages de Mᵐᵉ Olympe Audouard

A TRAVERS L'AMÉRIQUE

I. LE FAR-WEST. — Le Canada. — Les Indiens. — Les Montagnes rocheuses. — Les Mormons. — Le Chemin de fer du Pacifique. 1 vol. grand in-18. . . . . . 3 fr. 50

II. NORTH-AMERICA. — Constitution. — Mœurs. — Usages. — Lois. — Institutions. — Sectes religieuses, 1 vol. grand in-18. . . . . 3 fr. 50

L'ORIENT ET SES PEUPLADES, 1 fort vol. gr. in-18. . 5 fr.

LES MYSTÈRES DE L'ÉGYPTE DÉVOILÉS. 2ᵉ édition, 1 fort vol. grand in-18. . . . . 5 fr.

LES MYSTÈRES DU SÉRAIL ET DES HAREMS TURCS. 3ᵉ édition. 1 vol. gr. in-18 jésus, orné de vignettes. Prix. 3 fr. 50

L'HOMME DE QUARANTE ANS. 1 vol. gr. in-18 . . 3 fr.

COMMENT AIMENT LES HOMMES. 1 vol. gr. in-18. . 3 fr.

GUERRE AUX HOMMES, quelques jolis types. 1 vol. grand in-18. . . . . 3 fr.

HISTOIRE D'UN MENDIANT. 1 vol. grand in-18 . . 2 fr.

Paris. imp. Balitout, Questroy et Cⁱᵉ, 7, rue Baillif.

L'AMIE INTIME

PAR

Mᵐᵉ OLYMPE AUDOUARD

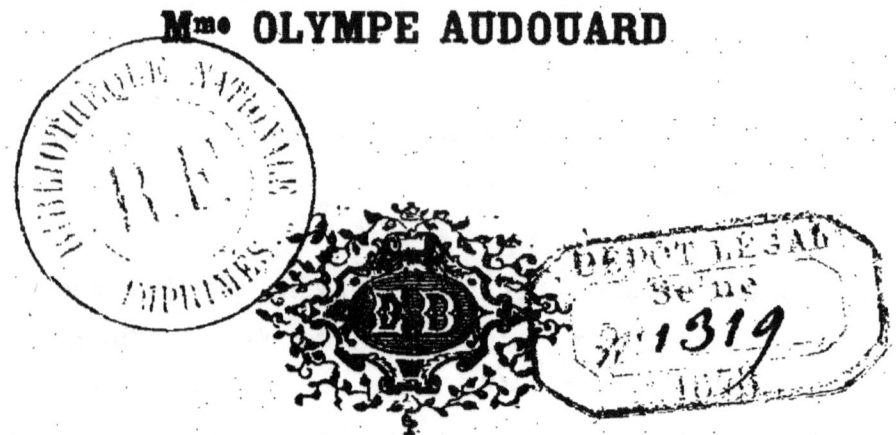

PARIS

E. DENTU, ÉDITEUR

LIBRAIRE DE LA SOCIÉTÉ DES GENS DE LETTRES

PALAIS-ROYAL, 17 ET 19, GALERIE D'ORLÉANS

1873

PRÉFACE

LES PETITES PERFIDIES FÉMININES

Diderot a dit dans ses PENSÉES ET MAXIMES :

« Les distractions d'une vie occupée et contentieuse rompent les passions des hommes. La femme couve les siennes; c'est un point fixe sur lequel son oisiveté ou la frivolité de ses fonctions tient son regard sans cesse attaché; il devient folie si la femme est condamnée à la solitude. »

Diderot a prouvé en parlant ainsi qu'il connaissait bien le cœur de la femme, et les effets qui sont la conséquence du genre de vie auquel elle est vouée. Aussi, dans l'amour, la passion, le sentiment, la haine et le dévouement, elle atteint toujours les limites de l'extrême.

L'être abstrait féminin, tout comme l'être abstrait masculin, est un composé de vertus, de qualités, de facultés, de vices, de défauts et de mauvais instincts. L'homme trouve à appliquer utilement ses facultés et ses bonnes qualités; ses mauvaises passions et ses instincts pervers trouvent des dérivatifs qui les rendent inoffensifs; bien dirigés, ils peuvent même se changer en vertus.

Ainsi, celui qui a des instincts sanguinaires, qui a en lui un fort restant de la bête féroce, et qui ne se complaît que dans la vue du sang et du meurtre, celui-là n'a qu'à se faire soldat; sur le champ de bataille ses instincts féroces deviennent de la bravoure.

La femme qui possède ce même tempérament, n'ayant pas à sa disposition ce dérivatif, devient une vulgaire criminelle.

L'homme bilieux, au sang âcre, à l'humeur acariâtre, qui se sent un vague besoin de faire du mal à son semblable, peut calmer sa bile en cherchant une querelle d'Allemand au premier venu, il donne ou reçoit un coup d'épée, cela le calme pour un temps; on se contente de dire de lui : C'est un homme vétilleux sur le point d'honneur.

Mais la femme affligée de cette même aigreur de bile ne peut l'épancher que dans son intérieur qui, alors, devient un enfer; elle a encore une ressource, dont elle use : celle de la déverser sur ses bonnes amies et connaissances, en les accablant de perfides médisances et de coups de langue aussi acérés et empoisonnés que les flèches des Peaux-Rouges.

Elle n'est pas plus mauvaise que l'homme, seulement sa *mauvaiseté* se traduit d'une manière différente.

L'homme, froissé, insulté, donne un soufflet à celui qui l'a offensé, il va sur le terrain, et vaincu ou vainqueur, il est soulagé, sa haine se fond, il se dit : je suis vengé !

La femme, froissée, insultée, n'a pas

cette ressource, aussi la haine reste dans son cœur, elle y fermente, et l'on a raison de dire : « La vengeance d'une femme est terrible. »

Si c'est un homme qui l'a froissée, sentant que la vengeance a peu de prise sur lui, elle se rejettera sur la femme, les filles, les sœurs de cet homme, ou bien encore sur la femme qu'elle sait aimée de lui, et malheur à ces victimes innocentes, leurs travers seront mis en évidence, leurs vertus niées, leur réputation déchirée à belles dents.

Si c'est une femme qui l'a froissée ou insultée, oh ! alors, la lutte devient encore plus sérieuse, la haine est mortelle, elle se cache sous un sourire doux et perfide, sous un serrement de main affectueux, mais la coupable est perdue totalement, et elle aura à essuyer des blessures aussi nombreuses que cruelles.

La société veut que la femme soit douce et bonne, elle lui dénie le droit d'avoir un tempérament violent, vindicatif et rancunier, aussi les femmes qui en sont affligées le dissimulent sous un masque trompeur et dangereux, elles deviennent forcément fausses et hypocrites.

La vanité, l'orgueil, l'ambition, l'envie, sont quatre vilaines passions qui sont, hélas! l'apanage de l'humanité; sagement dirigées, elles peuvent pourtant pousser l'homme vers de grandes choses et faire de lui un homme de génie ou un homme de talent.

Chez la femme, ces quatre passions de-

viennent petites et mesquines. Sa vanité
n'a d'autres aliments que la toilette et les
hommages, son orgueil et son ambition
doivent aussi se borner aux succès mondains d'élégances et à ceux du sentiment;
les chiffons deviennent ses armes de com-
bat; les succès du monde et l'amour, le but
le plus élevé de ses visées. L'envie la porte
à jalouser celle qui a plus de luxe qu'elle
et qui est entourée de plus d'hommages.

L'homme disgracié de la nature, l'homme
difforme ou très laid, trouve malgré cela
des dédommagements d'amour-propre; il
peut devenir artiste célèbre, homme poli-
tique, millionnaire, et la gloire ou la fortune finissent par lui faire oublier qu'il
ne saurait lutter ni avec l'Hercule Far-
nèse ni avec l'Antinoüs, ni avec l'Apollon.

Mais la femme laide, difforme, voit, par cela seul, son avenir brisé, elle comprend qu'elle aura une vie terne sans un rayon de soleil et sans un rayon d'amour.

Car, pour une boîteuse célèbre, aimée par un grand roi, que de milliers de boîteuses qui se sont vues privées des douceurs de l'amour par la seule raison qu'elles étaient boîteuses !

Aucune compensation ne vient consoler la femme disgraciée par la nature ; aussi, aigrie contre le sort injuste et cruel, elle devient méchante, elle voit dans toute jolie femme une ennemie !

Vauvenargues a dit :

« Si les faiblesses de l'amour sont pardonnables, c'est principalement aux femmes, qui ne règnent que par lui. Car l'amour est le seul talisman qui puisse donner à la femme la puissance et la souveraineté, et les hommes ont voulu, je ne puis dire dans leur sagesse, que l'amour fût l'unique but de leur vie. »

Étonnez-vous après cela que la femme se lance à sa recherche et qu'elle veuille à tout prix le rencontrer et le conserver? Toutes ses facultés intellectuelles n'ont d'autre but possible que l'amour; par un état de chose établi plutôt par l'égoïsme des hommes que par leur prévoyance, la femme doit concentrer tout son être abstrait vers ce sentiment : elle fait donc pour lui toutes les folies, tous les crimes, toutes les grandes choses, toutes les stupidités dont est susceptible l'esprit humain.

Ses vices, ses passions, sa haine, son en-

vie, son ambition, sont refoulés, concen-
trés, aucune bonne issue ne leur est ou-
verte, ces sentiments ne peuvent s'épancher qu'autour d'elle, sur des êtres assez
vulnérables pour sentir les blessures. Et
voilà pourquoi les femmes se déchirent
entr'elles, à belles dents, pourquoi un mot
d'elles équivaut souvent à un bon coup
d'épée; il blesse sûrement et mortellement.
Voilà enfin pourquoi, lorsqu'une femme est
mauvaise, elle l'est dix fois plus que
l'homme le moins bon.

Je conviens avec empressement, croyez-
le bien, que les amies intimes, comme l'hé-
roïne du roman que je vous présente aujourd'hui, sont rares, très rares. Mais, pas
impossibles, cependant; car, dois-je l'a-
vouer? dans cette histoire, je n'ai rien in-

venté : Mme de Marnas vit, j'ai même adouci
un peu le caractère froidement pervers de
cette femme.

Mais enfin, si toutes les amies intimes ne
ressemblent pas à ce noir démon vomi par
l'enfer sur la terre, il est pourtant très
exact, hélas ! qu'il faut se méfier un peu
de certaines *bonnes amies*. Car il y en a
qui sont de la triste famille de l'*intime ami
du mari*. C'est incroyable, le génie, la di-
plomatie, la finesse que les femmes dé-
pensent pour vaincre une rivale, pour la
faire tomber de son piédestal, et si elles
parviennent à la faire rouler dans la boue,
elles ne sont pas satisfaites encore, elles
s'acharnent sur le cadavre.

Il est plus périlleux pour une femme
jeune et belle, de naviguer dans le courant

mondain, qu'il n'est périlleux aux marins de naviguer au milieu des récifs de l'Océan.

Une femme jeune et belle, si elle est en même temps horriblement méchante, et si elle a de l'esprit, parviendra à se maintenir dans le monde, en rendant insinuation pour insinuation, blessures pour blessures ; mais si elle est bonne et si elle a la naïveté de croire à la bonté des autres, elle sombrera fatalement.

Si une femme veut avoir de vraies amies, et n'avoir pas une seule ennemie, si elle désire obtenir l'indulgence et la sympathie des femmes, qu'elle s'enlaidisse à plaisir, qu'elle s'habille mal, et qu'elle s'efforce de ne jamais attirer l'attention et les hommages des hommes éminents.

Remarquez ceci : si une femme entre dans un salon, maladroitement enlaidie par une toilette de mauvais goût, toutes les femmes l'accueillent par le sourire le plus bienveillant du monde, elles l'entourent, la complimentent; on devine qu'elles ne peuvent résister au plaisir secret qu'elles éprouvent de n'avoir pas une rivale en elle.

Mais qu'une femme réellement belle et mise avec goût, fasse son entrée, voyez-les lui décocher un regard en dessous, regard qui rappelle celui de la couleuvre. Puis, bien vite, pour battre l'ennemi en brèche, elles reprennent un petit air candide et bienveillant.

— Oh! dit l'une d'elles, comme elle est belle! Quel malheur qu'elle soit si bête!

— Belle enveloppe, dit une autre, mais âme sèche et froide !

— Oui, s'écrie un laideron, elle est égoïste, et l'égoïsme est le triste apanage de la beauté ; la jeune femme belle est trop préoccupée d'elle-même.

Toutes ne sont plus occupées qu'à la dénigrer : Ses cheveux sont superbes, dit l'une, mais ils sont faux.

Ses dents ! et l'on sourit... Son teint ? affaire d'art.

On l'épie, on la surveille, malheur à elle si elle échange un mot, ou un sourire, avec un homme haut placé, elle sera perdue ; ses bonnes amies la taxeront de coquetterie, de légèreté. Un volume ne suffirait pas pour signaler les mille petites perfidies des *bonnes amies*.

Ayez le malheur d'adopter une coiffure qui vous enlaidisse, une forme de robe disgracieuse :

— Bien chère, vous dit l'une, vous êtes coiffée à ravir.

— Mignonne, ajoute l'autre, cette forme de robe est la seule qui vous convienne !

Elles essayent de vous arracher une confidence pour s'en servir contre vous : si devant elles on vante votre vertu, elles sourient d'un mauvais sourire, et l'une d'elles dit d'un air ingénu : « Le petit vicomte un tel, va-t-il toujours si souvent chez elle ? »

Toutes les personnes présentes sont convaincues que ce dit vicomte est au mieux avec vous.

Avez-vous un mari jeune et beau gar-

çon et êtes-vous, vous-même, jeune et jolie,
toutes les femmes laides feront le siége en
règle de votre époux. Quelle gloire et
quelle suprême vengeance pour elles de
vous enlever son cœur ! Et elles y arrive-
ront ; la femme laide a une souplesse,
une persistance tenaces qui parviennent à
triompher de tous les obstacles. Elle est insinuante, flatteuse, elle admire tout de parti
pris, chez ce mari, et elle lui dit souvent :
« Doit-elle être heureuse, cette chère petite, d'avoir un mari comme vous ! Oh !
elle a bien tort de ne pas mieux apprécier son bonheur ! » etc., etc. Si bien
que cet homme finit par croire de bonne
foi que sa femme ne l'aime pas assez,
qu'il est incompris, et doucement flatté
des compliments de cette femme laide, il

se laisse aimer par elle, et finit par
l'aimer par reconnaissance. Lorsqu'une
femme laide jette son crampon sur un
homme, c'est pour la vie, elle s'attache à
lui comme celui qui se noie à la branche,
comme la pieuvre au rocher. Je l'ai re-
marqué bien souvent, les femmes laides
parviennent toujours à se faire aimer plus
que les jolies, et elles éprouvent un secret
plaisir à troubler les ménages des femmes
belles.

C'est une manière de se venger d'elles!

Lorsqu'on a une forte dose de philoso-
phie dans le caractère, il est assez amusant
de se trouver dans un salon où une dizaine
de femmes sont réunies, et où la conversation est générale; invariablement elle
tombe sur les amies absentes, et Dieu sait

si l'on s'acharne assez contre celles qui ont une supériorité quelconque.

L'une a de belles dents... Allons donc! ce n'est qu'un râtelier!

De beaux cheveux... Elle les a achetés.

Un beau teint... Elle se farde. Et puis arrive la question d'âge... c'est à qui vieillira sa bonne amie et essayera de persuader qu'elle pourrait être grand'mère.

Lorsqu'on ne s'attaque qu'au physique, ce n'est que ridicule, mais lorsque la médisance s'en mêle et que la réputation est le but des coups de langue, c'est odieux.

Il est un genre de *bonnes amies* très impatientantes : ce sont celles qui se servent d'un tiers pour vous passer une critique acerbe ou un mauvais compliment. « Ma chère, vous disent-elles, vous devriez bien ne plus recevoir monsieur un tel ou madame une telle... Figurez-vous que j'ai été forcée de prendre énergiquement votre défense l'autre jour, car voici ce qu'il ou ce qu'elle disait de vous, » — et elles vous répètent une phrase blessante, de leur crû, il va sans dire.

Celles-là ont deux buts, vous brouiller avec une personne qu'elles désirent accaparer et se donner le plaisir de vous dire une chose désagréable, sans en prendre la responsabilité.

Une autre vous dit, en vous embrassant de tout son cœur : « Oh! chère amie, c'est étonnant combien vous avez d'ennemis. Voilà ce qu'on disait de vous l'autre jour dans un salon... » Et elle vous cite un propos injurieux ou blessant... elle ne nomme pas le salon afin de ne pouvoir pas être convaincue de mensonge. Elle se réfugie derrière une prétendue discrétion. Elle ne veut pas faire de cancans.

J'ai connu une dame dont la plus grande distraction consistait à brouiller tous les gens qu'elle connaissait. Elle passait son temps à venir vous dire du mal de madame une telle, puis bien vite elle allait chez celle-ci et lui disait : « Je viens de voir Mme X... elle n'est pas votre amie, car elle dit telle chose sur vous, » et elle citait la méchanceté qu'elle-même avait dite en vous en faisant l'auteur responsable.

J'avais été victime plus d'une fois du petit passe-temps de cette dame; un beau jour elle vient chez moi : « Vous connaissez Mme Y..., me dit-elle, et bien! vous ne devriez

plus la recevoir ; figurez-vous qu'elle s'affi-
che avec M. X... » Je ne lui répondis pas, et
elle continua ses affirmations charitables
en me disant: « A propos, savez-vous la nouvelle? On dit que M. de *** a surpris sa
femme, en tête-à-tête : qui aurait cru cette
petite sainte-nitouche capable de se conduire ainsi ? »

Sans rien lui répondre encore, je pris
une feuille de papier, une plume, et j'écri-
vis le mot à mot de ce qu'elle venait de
me confier; puis je lui passai le papier, la
priant de le lire et d'y apposer sa signa-
ture; et comme, fort étonnée, elle m'en demandait le pourquoi : « Mais, lui dis-je, c'est
tout simplement pour que, suivant votre
louable coutume, vous n'alliez pas en sortant d'ici, raconter à ces deux dames que

je les ai calomniées et que j'ai inventé sur elles ce que vous venez d'inventer vous-même ; soyez médisante si bon vous semble, mais ayez au moins le courage de vous faire l'éditeur responsable de vos médisances. »

Elle ne signa pas le papier ; mais, avec moi, elle ne s'est jamais plus livrée à son petit passe-temps de prédilection.

Toutes les personnes qui, comme artistes ou littérateurs, sont exposées à ce que la presse s'occupe parfois d'elles, doivent connaître une catégorie de *bons amis* ou *amies*. C'est, celle-ci : un article, dix articles indulgents ou élogieux pour vous paraissent, ils ne vous en disent pas un mot ; mais si une critique paraît dans la plus obscure des gazettes, bien vite ils accou-

rent, ils dissimulent mal leur secret contentement. Après quelques mots échangés,
ils prennent un petit air de doléance affectueuse, et sortant ladite gazette de leur
poche, ils vous disent : « Vraiment la presse
est bien sévère, bien injuste pour vous, voilà
un article qui m'a désolé, vu l'amitié que
je vous porte ; le voici, j'ai cru de mon devoir d'ami de vous le signaler. » Si vous
lisez ledit article, gardez-vous de lever
les yeux, car vous seriez frappé du petit air
triomphant et enchanté de ce ou cette prétendue amie.

Il en est d'autres qui ont un moyen aussi
ingénieux que perfide pour faire du tort à
une femme. Parle-t-on d'elle, vante-t-on
ses bonnes qualités, sa conduite exem-
plaire, sa bonté ; bien vite l'un d'eux s'é-

crie d'un petit air contrit : « Oh oui! elle est bonne, charmante, vertueuse, je le sais, moi, parce qu'elle est mon amie intime; mais, hélas! je ne sais pourquoi on dit beaucoup de mal d'elle, pourquoi on fait circuler des histoires aussi méchantes sur son compte, j'en suis désolée. »

Et les gens qui écoutent se disent : « Tiens, tiens, mais il paraît que madame une telle est passablement compromise, puisque son amie intime avoue cela! »

Je n'ai jamais pu comprendre ce travers fâcheux de l'esprit féminin, d'aimer à médire des femmes, et de les prendre pour point de mire de toutes les perfidies ou mauvais propos. N'y a-t-il pas assez des hommes pour dire du mal des femmes?

N'est-il pas plus que maladroit de la

part du sexe féminin, de faire chorus en cela avec ce sexe ennemi et masculin? Ne vaudrait-il pas mieux former une franc-maçonnerie féminine et se liguer contre les insinuations et les calomnies des hommes?

Mais non, les femmes préfèrent se déchirer à belles dents entre elles, et donner ainsi raison à Odnus, qui a dit : « Autant il y a d'étoiles dans le firmament, autant il y a de perfidies dans le cœur de la femme. »

A mon avis, cependant, pour que ceci fût exact, Odnus aurait dû dire non *pas dans le cœur de la femme,* mais dans le cœur de certaines femmes. Car, je l'ai dit tantôt, lorsque la femme est mauvaise, elle est cent fois plus mauvaise que l'homme le moins bon, mais aussi lorsqu'elle est bonne, elle est adorablement bonne.

Il y a beaucoup de femmes belles !

Il y a beaucoup de femmes spirituelles !

On rencontre grand nombre de femmes aimables !

Mais la femme vraiment bonne, c'est-à-dire celle qui est indulgente pour toutes les femmes, qui croit au bien, jamais au mal ; celle qui ne médit pas, qui ne fait pas d'insinuations perfides, qui défend loyalement la femme attaquée devant elle, et qui se fait un plaisir de faire ressortir les grâces, les qualités de ses amies, qui n'a dans son cœur ni jalousie mesquine, ni envie, celle enfin qui est franche et loyale, celle-là est bien rare à rencontrer. Si Dieu en place une sur votre route, inclinez-vous avec respect devant elle, elle possède un talisman qui attire les cœurs et les re-

tient, elle possède la qualité la plus exquise : la bonté.

La femme est, dit-on, coquette, elle cherche à s'embellir. Eh bien ! si elle savait
combien la bonté sied admirablement, elle
serait bonne par coquetterie !

La bonté a un charme attractif et irrésistible, qui embellit la femme la plus disgraciée de la nature.

D'abord, la femme bonne est intelligente,
car je ne crois pas aux *bonnes bêtes ;* la
femme bête ne saurait avoir l'esprit d'être
bonne, et la femme qui a le bon esprit
d'être bonne est par cela même très intelligente.

Je crois que le vrai talisman qui rend
une femme sympathique à tous, qui l'en-
toure d'amitiés réelles et nombreuses, et

qui lui procure même les hommages em-
pressés de tous, c'est la bonté.

Cette qualité adorable remplace avanta-
geusement toutes les séductions de l'art et
de la coquetterie; la bonté est un don vraiment divin.

En terminant ma préface, je songe tout
à coup que mes amies vont peut-être me
trouver bien ingrate pour avoir dit tant de
mal des *Amies intimes*. Je n'ai qu'un mot à
leur répondre, celui-ci : C'est leur loyale
amitié, leur bonne indulgence ; en un mot,
leur bonté exquise qui m'ont inspiré cette
admiration profonde pour la femme bonne,
et m'ont rendue si sévère pour celles qui
ont la maladresse de ne pas savoir être
bonne.

L'AMIE INTIME

I

— Trois ans aujourd'hui, mon ami !

— Oui, mon Élise, trois ans de bonheur sans mélange pour moi.

— Méchant, si vous disiez pour *nous!* Ne suis-je pas si complétement heureuse que parfois ce bonheur même m'effraie ?

— Ah ! la poltronne, avoir peur du bonheur !

— Ne dit-on quelquefois que le bonheur est de courte durée?

— Qui dit cela? des faiseurs de phrases creuses, des sceptiques qui n'ayant pas de cœur ne veulent pas croire à celui des autres; or, le vrai bonheur ne vient ni de la fortune ni de la gloire, il vient du cœur; nous nous aimons depuis trois ans, pourquoi ne nous aimerions-nous pas toujours ?

— Tu as raison, Charles, le malheur ne saurait nous atteindre, puisque notre amour ne saurait finir qu'avec nous.

— Voilà qui est bien parlé, et tu es un ange.

— Je ne suis pas un ange, car j'ai plus d'un défaut !

— Tes défauts, je les adore.

— Mais si je ne suis pas un ange, je suis une femme qui t'aime bien loyalement, et qui comprend toute la grandeur et la sainteté des devoirs qu'elle a contractés en acceptant la main et le nom d'un honnête homme, et en acceptant

aussi la douce mission de faire son bonheur.
Car la femme a la mission de faire le bonheur
de son mari, n'est-ce pas, Charles ?

— Oui, mais il en est peu qui le comprennent ;
si toutes les femmes te ressemblaient, Élise, il
n'y aurait pas autant de célibataires !

— Et peut-être, Charles, que si tous les maris
te ressemblaient, il n'y aurait que des femmes
tendres et vertueuses.

— C'est possible pour la plus grande générali-
té, mais il est des natures perverses, et des
femmes qui ont été mal élevées.

— Tu me rappelles, Charles, mon bon et digne
père, je me souviendrai toujours des paroles
qu'il m'a dites il y a trois ans à pareil jour. Nous
allions partir pour la mairie, il me fit appeler
dans son cabinet de travail, il était sérieux,
presque sévère.

« Ma fille, me dit-il, je suis ce que certains es-

prits étroits nomment un libre-penseur, car je
suis plus croyant que pratiquant, et quoique
aimant et vénérant notre religion, je me permets
parfois de railler certaines pratiques et certaines crédulités, mais à ce moment solennel de
ta vie le sceptique fait place au croyant, et je me
sens ému, un remords s'empare de moi, je me
demande si j'ai fait mon devoir de père et si tu
comprends assez la portée de la parole que tu
vas donner.

» Écoute, mon enfant, ton confesseur t'aura
parlé des devoirs de l'épouse... il t'aura dit que
tromper son mari est un péché mortel... Mais
te dire cela n'est pas te dire assez ; un péché
mortel peut se racheter par le repentir aux yeux
de Dieu... mais l'honneur perdu est bien perdu,
le repentir le plus sincère n'efface pas le
déshonneur.

» Plus tard, si tu ouvres par hasard un code,

tu verras que la loi édicte de sévères pénalités
contre la femme qui oublie ses devoirs, elle
court même le risque d'être tuée légalement par
son mari ; mais le code est brutal, il édicte des
pénalités contre un crime connu, voilà tout,
ces codiciles n'arrêteront jamais les femmes ;
elles sont fantasques, romanesques, elles aiment à braver la loi et ses menaces, le danger
les tente. Je laisse donc la religion et le code de
côté, ma fille, et je veux te parler simplement
au nom de cette grande morale humaine, au
nom de l'honneur et de la dignité ; eh bien !
M. Charles de Bray est un galant homme, sa
famille est honorable, en t'épousant il te confie
son honneur, celui de sa famille, et aussi son
bonheur, car il va dépendre de toi de le rendre heureux ou malheureux. Avant d'accepter
ce dépôt et cette mission, sonde ton cœur et
surtout ta conscience, et vois si tu te sens la

force de te consacrer au bonheur de cet homme
et de conserver intact son honneur ; on va te
dire de jurer fidélité à ton mari, mais ne vas
pas croire que ce soit une simple formalité,
comprends toute la portée de cette phrase et
songes bien que si mariée avec lui tu commets
la moindre légèreté, si tu autorises, ne serait-ce
que par étourderie, un homme à se conduire
envers toi de telle sorte qu'un soupçon puisse
t'effleurer, ton mari d'abord devra se battre,
risquer sa vie dans les chances d'un duel ; s'il
n'est pas tué, son honneur sera toujours com-
promis, car l'amour pur et véritable ne résiste
pas au plus léger soupçon... Si tu venais à oublier tes devoirs, tout en te méprisant, il serait
encore forcé de risquer sa vie en duel pour satisfaire aux prétendues lois d'honneur édictées
par un sot usage... Ridicule aux yeux du monde,
la paix de son intérieur détruite, il ne pourrait

même plus se livrer en toute confiance aux joies de la paternité, car un doute affreux viendrait les changer pour lui en amertume.

» Ainsi, ma fille, ne t'expose pas à commettre une mauvaise action. Charles t'aime, je te le redis encore ; sonde bien ta conscience avant de prononcer le *oui* qui va vous lier pour toujours. »

Si tu savais, Charles, avec quelle émotion j'écoutais mon père : moi qui jusque là n'avais été qu'une enfant futile et légère, je compris pourtant ce langage, je compris toute l'importance de l'acte que j'allais accomplir ; je me jetai dans les bras de mon père et je lui dis : Sois tranquille, tes paroles seront toujours gravées dans mon cœur, et ta fille sera une loyale et honnête femme; et c'est avec la ferme intention de me vouer à ton bonheur que j'ai dit ce *oui*.

—Chère âme, tu as bien tenu ta parole, car je

suis le plus heureux des hommes, et je me souviens de quelle façon sérieuse et pénétrée, t as
prononcé ce *oui* charmant pour moi ; pavre
beau-père, quel cœur d'or, quelle nature loale,
et quels sentiments élevés !... Mais pas de en-
sées tristes aujourd'hui, fêtons joyeuseient
notre troisième anniversaire de mariage.

Faut-il vous dire, lecteur, que Charles et lise
étaient des nouveaux mariés ?

Non, n'est-ce pas ?

Qu'ils s'adoraient ?

C'est, je pense, inutile, vous venez de vos en
apercevoir.

Faut-il vous faire leur portrait ?

Je voudrais bien que vous disiez non, ça s'il
est difficile de faire un portrait, le pinceau et ipa-
lette à la main, avec une modeste plume c'es encore plus difficile ; mais enfin sachez qu'ilsn'a-
vaient ni l'un ni l'autre des lèvres de carmi, ni

un teint de lis, ni un cou de cygne, ni des cheveux aile de corbeau, pas la moindre perle, mais
de simples dents assez blanches. Elise était une
jeune femme de vingt ans, blonde, mignonne,
beaucoup de distinction, une démarche gracieuse, un teint frais et rosé, de grands yeux
bleus laissant deviner la tendresse de son âme.

Charles de Bray, grand brun robuste, avait
trente ans et il passait pour un joli garçon : en
effet, sa figure était intelligente et sa tournure
élégante.

Elise avait eu une jolie dot, Charles avait
aussi de la fortune, à eux deux ils avaient
réuni cinquante mille francs de rentes.

Beauté, jeunesse, fortune, voilà trois grands
éléments de bonheur ; aussi, comme on a pu le
voir, aucun nuage n'avait encore passé sur le
ciel de leur félicité.

Ils étaient heureux.

Ces renseignements indispensables donnés, je retourne à mes deux héros du bonheur conjugal.

La jeune femme aperçut une carte déposée sur la cheminée :

— Ah ! voilà la carte d'Alix, elle est enfin de retour ! que je suis contente, dit-elle.

— Qui cela, Mme de Marnas ? Permets-moi de ne pas partager ta joie, j'aimerais mieux la savoir bien loin.

— La savoir loin, mais pourquoi ? elle est bonne, charmante, beaucoup d'esprit.

— Oui, chère, beaucoup d'esprit, trop d'esprit même et pas assez de cœur... C'est une femme dangereuse.

— Alix, une femme dangereuse !... Mais tu plaisantes. Nous avons été au couvent ensemble. Je la connais depuis longtemps, et elle m'a toujours aimée beaucoup.

— Elle t'aimer ! Quelle illusion, mon Elise...
Au couvent... c'est encore possible, tu étais une
enfant, et elle était une grande jeune fille ; mais
plus tard, crois-le bien, elle t'a détestée...

— Alix me détester, mais quelle idée as-tu
là...

— Chère enfant, tu juges les autres avec ton
excellent cœur... Crois-moi, Mme de Marnas a
toujours été horriblement jalouse de toi ; tu es
jolie, elle est presque laide ; tu étais riche, elle
était presque pauvre. A dix-sept ans tu avais
déjà refusé dix des plus beaux partis de France ;
enfin tu m'as épousé, et je ne puis, bien que
la modestie soit une qualité, me mettre au-des-
sous de ce vieux podagre de soixante ans qu'elle
a dû épouser, alors qu'à sa vingt-cinquième
année révolue elle voyait sainte Catherine lui
tendre les barbes de la cornette... Et tu veux
qu'elle t'aime ?

— Charles ! Charles ! Ce n'est pas bien, tu es méchant. Pourquoi supposer de mauvais sentiments chez les autres... L'envie est le plus vilain des vices. Pour moi, j'aime Alix d'autant plus qu'elle n'a pas été heureuse, je crois, en ménage, et qu'elle reste veuve sans beaucoup de fortune.

— Ma bonne petite amie, tu ne connais rien de ce vilain monde, et si tu me permets de te parler sérieusement, je te dirai que je serais désolé que tu visses souvent Mme de Marnas, c'est une femme dangereuse.

— Mais oui, très dangereuse ! elle écoute aux portes !

— Cette phrase fut lancée gaîment par une grande femme traînant après elle trois mètres de traînes et quinze mètres de dentelles.

Les deux époux furent très embarrassés de la brusque apparition de celle dont ils parlaient d'une façon peu aimable pour elle, mais Mme de Marnas était une femme d'esprit, jouissant d'un aplomb que rien ne déconcerte ; elle s'avança vers Élise qui était plus confuse et plus rouge qu'une pivoine :

— Voyons, chère mignonne, embrasse-moi d'abord, tu demanderas ensuite à ton mari s'il daigne te le permettre.

Après avoir déposé un baiser fort affectueux sur le front de son amie, Mme de Marnas se tourna vers Charles de Bray et lui dit:

— Eh bien, vous ne me tendez pas la main, vous ? Au fond vous avez raison, j'aurais le droit de vous en vouloir, car vous essayez de m'enlever l'amitié de votre femme... Égoïste comme tous les amoureux, vous pensez que l'amour bénéficiera de l'amitié détruite...

— Mais... croyez, madame, je disais à Élise... voulut dire Charles.

Mᵐᵉ de Marnas l'interrompit et reprit, toujours sur le ton d'un badinage de bonne compagnie :

— Allons, allons, ne balbutiez pas, ne cherchez pas une perche pour vous accrocher, j'ai tout, tout entendu... Que voulez-vous, ce n'est vraiment pas ma faute, pas un domestique dans votre antichambre et toutes les portes ouvertes... Je frappe un coup, deux coups... personne ; je m'avance en toussant... puis j'entends : « Mᵐᵉ de Marnas est ceci, elle est cela... et patati et patata. « Vous comprendrez facilement que je suis restée clouée à ma place... C'était palpitant d'intérêt pour moi ! Mais j'y songe, cela va vous procurer le plaisir, mon cher monsieur, de dire dans votre prochain discours contre moi, que j'écoute aux portes.

— Ah ! madame, je suis confus... vous m'accablez.

— Bien, bien, voilà ma main, je vous pardonne, et je ne me vengerai qu'en vous prou-
vant que je vaux mieux que ma réputation ;
mais l'incident est clos, parlons d'autre chose.
Je croyais être indiscrète en venant dans la matinée, et je vous vois déjà prêts à sortir.

— Non, chère Alix, nous rentrons, répondit
Élise.

— Vous rentrez à cette heure-ci ? Décidément
vous êtes aussi matinals que les fauvettes, reprit Mme de Marnas.

— Nous venons, Charles et moi, d'entendre
la messe, pour remercier Dieu de cette nouvelle
année de bonheur qu'il nous a accordée. C'est
aujourd'hui le troisième anniversaire de notre
mariage ; embrasse-moi, pour me féliciter, chère
Alix.

Mme de Marnas embrassa sa jeune amie, puis
se tournant en riant vers Charles, elle lui dit :

— Et vous aussi vous êtes allé prier Dieu, monsieur de Bray ?

— Certes oui, madame.

— Mais c'est ravissant... Je te félicite, ma chère, de l'influence que tu as su prendre sur ton mari... le conduire jusque-là, c'est un tour de force; mais les dévotes, je l'ai toujours dit, sont les femmes les plus fortes; or, tu as, de tout temps, été sentimentale et dévote.

Élise, quoique bonne et d'un caractère des plus heureux comme douceur, se sentit choquée de la raillerie qui perçait dans les paroles de son amie, et elle lui dit avec un peu d'aigreur :

— Je te plains, Alix, de trouver si extraordinaire une chose si simple et si naturelle, une action de grâce faite en commun, d'un bonheur goûté en commun.

— Mais, riposta Alix, toujours sur le ton de la raillerie, je trouve cela fort naturel, et tenez,

cela me rappelle un usage de ma province : tous
ces braves gens, le jour anniversaire de leur
mariage, remettaient leurs habits de noce, et
comme vous autres ils allaient à l'église. Figurez-vous la fraîcheur et la fashion des habits de
ceux qui étaient mariés depuis vingt ans !

— Allons, allons, madame, ne soyez pas esprit fort, et ne venez pas rire de notre pieuse
naïveté ; croyez-le, elle a son charme... tant pis
pour ceux qui sont incapables de goûter les joies
pures et sincères d'un amour profond. Au risque d'exciter encore votre verve spirituelle, je
vais offrir, devant vous, mon cadeau d'anniversaire de noce à ma femme.

En disant cela, de Bray sortit un écrin de sa
poche et le donna à Élise, qui l'ouvrit.

— Qu'il est joli, ce bracelet, dit-elle, en embrassant son mari, et combien je te sais gré de
ce choix ; car ces turquoises forment les feuilles

d'une fleur que j'aime entre toutes, puisqu'elle se nomme : *ne m'oubliez pas.*

Mme de Marnas regardait ce bijou en profond connaisseur.

— C'est un travail admirable, dit-elle, et il y a au cœur de ces petites fleurs des brillants d'une belle eau, les rubis qui forment les tiges sont aussi de grand prix...

— Vous vous connaissez en bijoux, madame, lui dit Charles avec ironie.

—Oui, répondit-elle sans prendre garde à l'intention de la remarque, je m'y connais, car je les adore; celui-ci doit bien valoir sept mille francs?

— Un bijoutier ne serait pas tombé plus juste.

— Sept mille francs! mon Charles, mais c'est une folie, tu me gâtes trop... Mon cadeau de cette année est encore plus beau que celui de l'an dernier.

— Ma bonne petite Elise, ton aimable carac-

tère, ta douceur, ta tendresse me rendent si
heureux, que ne sachant plus comment t'exprimer ma gratitude, j'ai recours même aux joyaux,
qui, je le sais, n'ont à tes yeux d'autre valeur
que celle de l'intention.

— Et l'on dit que le bonheur n'existe pas en
ménage ! s'écria Mme de Marnas, toujours sur un
ton de plaisanterie.

— Mais moi aussi j'ai un cadeau à te faire,
Charles, un coussin que j'ai brodé pour toi pendant tes rares absences, pour te prouver que
lorsque tu n'es pas près de moi, je ne sais que
penser à toi.

La jeune femme sortit pour aller chercher sa
broderie, Mme de Marnas se rapprocha de de
Bray, et, redevenant sérieuse, elle lui dit :

— Vous avez été sévère, bien sévère pour
moi. Je sais qu'on a parlé beaucoup de moi, la
chronique scandaleuse m'a fait l'honneur de

s'occuper de ma personne. J'ai trop d'esprit pour me préoccuper de l'opinion du monde ; mais s'il est un homme à l'estime duquel je tienne, c'est bien vous, monsieur.

— Croyez, madame...

— Ne m'interrompez pas, je sais ce que vous pensez de moi, et comment vous me jugez. Mais si certains détails de ma vie qui, j'en conviens, sont blâmables, sont venus jusqu'à vous, il est une chose que vous ignorez : tantôt je n'ai pas voulu parler de cela devant Elise, qui est une charmante enfant, mais qui n'est qu'une enfant, si bien qu'il est des choses qu'elle ne saurait comprendre ; mais vous, vous qui avez vécu, vous me comprendrez et m'absoudrez. Ecoutez-moi donc : J'avais vingt-cinq ans, un cœur ardent, une nature tout aussi ardente, j'avais rêvé un amour profond, immense, unique ; une vie d'amour, de délire et de dévouement. Nécessairement, je m'étais créé un idéal. Ah ! comme je l'aimais ! j'avais pour lui cet amour qui tue s'il n'est pas payé de retour !

Un jour je rencontrai cet idéal, c'était bien l'homme que mon cœur avait rêvé, celui que je chérissais même avant de l'avoir vu... Je tressaillais près de lui, mes yeux humides de larmes, malgré moi lui disaient: je t'aime ! pourtant il ne comprit rien, il ne devina rien!... Pire encore, il offrit à une autre ses tendres sentiments que j'aurais payés au prix de ma vie, de mon âme. Oh ! ce que j'ai souffert ! qui le saura jamais?

Mme de Marnas, les yeux animés d'un feu étrange, les narines frémissantes, s'appuya sur le marbre de la cheminée, en proie à une émotion profonde.

De Bray, troublé malgré lui, la regardait, et il se disait : comme elle sait aimer, cette femme !

quelle nature ardente ! et moi qui lui croyais un cœur sec, une nature froide, et qu'avais-je donc de la trouver laide? La passion la rend très-belle.

— Enfin, reprit-elle après une pause, il ne comprit pas ce qui se passait en moi : il aima une enfant... qui lui donna son cœur comme elle l'aurait donné à un autre, sans savoir ce qu'est cet amour grand, profond, sublime, le seul réel. Eh! bien, cet homme! Savez-vous qui il est?

— Non, madame.

— C'est... c'est... non vous ne le saurez jamais... répondit-elle avec une agitation fébrile... Et je vous prouverai que, si je suis une femme dangereuse, je suis au moins une bonne amie.

De Bray avait une nature bonne et loyale, mais il avait un défaut. Il était vaniteux. Eh bien, sa vanité fut flattée, c'était lui qui avait été aimé ainsi! Quoi, j'ai rendu une femme si malheureuse! Quoi, j'ai été aimé avec cette passion! Son cœur en battait de plaisir et d'orgueil! Quel est l'homme franc qui n'avouera pas qu'il serait fort ému si une femme du monde, intelligente et assez jolie, venait ainsi, frémissante encore de passion, lui conter combien elle l'a aimé en secret?

Une fois sa vanité réveillée il voulait un aveu plus net encore.

— De grâce, madame, quel est l'homme que vous avez aimé ainsi? dit-il.

Bien sûre qu'il avait deviné, elle répondit:

— Ne cherchez pas, vous ignorerez toujours son nom. Mais sachez que j'assistais à son mariage, le cœur brisé de douleur, mais le sourire sur les lèvres!

Enfin, pour enchaîner mon amour et l'entourer d'une barrière encore plus infranchis-

sable, je me suis mariée... Epouser un jeune
homme eût été une mauvaise action, car je n'a-
vais pas d'amour à lui offrir ; un vieillard s'est
contenté de mes soins affectueux, de mon dévouement empressé...

Le monde a dit : Cette jeune fille n'a
pas de cœur, mais seulement de l'ambition;
elle n'a épousé ce vieillard que pour sa fortune.

J'ai laissé dire, pouvais-je le prendre, ce
monde impitoyable, pour confident?...

Sentant que malgré moi mon cœur ne pouvait
cesser d'aimer celui qui était le mari d'une
autre, j'ai demandé à voyager, j'ai fui Paris...
Eh bien, avec vous, monsieur de Bray, je serai
franche : j'ai commis des légèretés, j'ai été
faible... mais je cherchais à m'étourdir, je demandais aux plaisirs mondains l'oubli de cet
amour néfaste. Suis-je si coupable? et avez-

vous le droit, vous, d'être implacable ?

De Bray, de plus en plus ému, lui prit la main, la porta à ses lèvres en murmurant : Pardonnez-moi ! pardonnez-moi !

—Oui, je vous pardonne, quoique vous m'ayez fait bien souffrir, mais laissons là ce passé, me revoilà à Paris, c'est vous dire que je suis guérie, bien guérie.

De Bray eut un mouvement de dépit.

— Vous êtes guérie ? fit-il avec l'accent du reproche.

Certes, il aimait sa femme, et bien certainement il n'avait pas le moindre désir de lui être infidèle, mais il éprouvait un sentiment de joie mêlé d'orgueil, à savoir que cette autre femme l'avait aimé follement, et il était tenté de la trouver fort impertinente de lui annoncer que cet amour n'existait plus.

— Voici mon cadeau, dit Elise en rentrant

joyeusement dans le salon et en tenant un beau coussin dans ses mains.

— Mais il est tout simplement ravissant, s'écria Mme de Marnas.

— Oh! oui, ces myosotis sont d'une fraîcheur et d'un naturel adorable, dit de Bray en serrant la main de sa jeune femme, et dans le choix des fleurs, nos cœurs se sont rencontrés.

— Comment, tu les trouves adorables, et tu ne m'embrasses pas, méchant !

De Bray rougit sans se rendre compte du pourquoi il n'avait pas voulu l'embrasser devant Mme de Marnas, qui, elle, le devina fort bien, par exemple, car un éclair d'orgueil brilla dans ses grands yeux noirs; puis, voulant se montrer bonne princesse, elle dit : Ce coussin mérite deux baisers au lieu d'un, un pour l'intention, l'autre pour le choix des fleurs.

De Bray obéit et mit un bon baiser sur chacune des joues fraîches et rosées de sa femme.

— Allons, je ne veux pas être indiscrète, et troubler plus longtemps le tête-à-tête d'un anniversaire si doux. Je vous laisse. Elle embrassa Elise fort affectueusement et tendit la main à de Bray, qui la lui pressa plus que l'étiquette ne le permet, tout en lui disant :

— J'espère bien, madame, que vous viendrez souvent, bien souvent, et que vous vous souviendrez qu'Elise vous aime beaucoup, et que vous êtes son amie la plus intime.

— Si tel est votre désir, veuillez au moins ajouter : *Et que son mari ne vous déteste pas trop.*

— Oh! madame! Ne soyez pas impitoyable; la clémence est l'apanage des grands esprits.

— Eh bien! c'est convenu, pour ne pas encourir le reproche de manquer d'esprit, je viendrai souvent voir ma bonne et toute belle amie.

Elise l'embrassa encore avec effusion en lui disant :

— Oui, je t'en prie, Alix, viens bien souvent.

Après son départ, elle remercia son mari.

— Comme tu es bon, Charles, et combien tu es empressé à faire tout ce qui m'est agréable ; crois-bien que je te sais un gré infini de ton amabilité pour Mme de Marnas. Pour me faire plaisir, tu as oublié ton antipathie pour elle. Merci encore ; mais crois bien que, me souvenant de ce que tu m'as dit, tout en étant très polie pour elle, je tâcherai de la voir rarement.

— Mais pas du tout, ma mignonne, tu me feras plaisir au contraire de la voir souvent, c'est une femme d'esprit, elle connaît le monde et elle sera pour toi une amie aussi agréable qu'utile.

Élise assez étonnée de ce brusque changement dans les opinions de son mari, répondit :

— Tu me disais tantôt que c'était une femme dangereuse ?

— Je disais cela comme j'aurais dit autre chose; nous autres hommes, nous avons un travers, celui d'aimer à dire du mal des femmes ; cela nous paraît spirituel, mais il faut se garder de prendre au pied de la lettre tout ce que nous disons... Désirant changer de conversation, car il sentait fort bien qu'il n'avait aucune bonne raison à donner, de Bray embrassa sa femme une fois encore, tout en lui disant :

— Vite, préparez-vous, madame, car je veux passer ce jour au milieu des champs. Les fauvettes et les rossignols y chantent amoureusement, nous joindrons nos cœurs et nos voix au concert amoureux des chantres de la forêt.

Une heure après, la vapeur les emportait vers

2.

la forêt de Maisons-Lafitte, et ils passèrent
une vraie journée d'amoureux dans la petite
villa qu'ils y possédaient.

II

.Un an après, juste le jour du quatrième anniversaire du mariage de ce jeune couple, Rose, la femme de chambre d'Élise, et Pierre, le valet de chambre de M. de Bray, étaient occupés vers les neuf heures du matin à ranger le salon. Rose époussetait les mille petits riens qui ornaient les tables et les étagères; Pierre mettait des fleurs fraîches dans les jardinières, ils causaient tout en travaillant, et nécessairement ils causaient des affaires intimes de leurs maîtres.

— Il me semble, mademoiselle Rose, que cet

anniversaire-ci sera assez triste ; madame est venue tantôt au jardin, elle avait les yeux tout rouges et sa figure était presque aussi blanche que son peignoir de mousseline, monsieur n'est rentré qu'à quatre heures du matin, il paraissait de fort mauvaise humeur et il m'a recommandé de le laisser dormir jusqu'à onze heures... Si bien que madame pourra aller seule à la messe, si elle tient encore à fêter son jour de mariage.

— Et vous me dites cela en riant, mauvais cœur !

— Dame, que voulez-vous, moi je ne suis dans la maison que depuis un an et demi, je je peux pas me désoler tant que ça du chagrin de madame ; vous qui l'avez connue jeune fille, qui possédez toute sa confiance, je comprends que vous preniez part à son ennui.

— Il faudrait vraiment avoir un cœur plus

dur que le roc, pour ne pas être peinée de voir
une femme si douce, si jolie, et avec ça, vertueuse comme une sainte! passer ses journées
et ses nuits à pleurer. Pauvre âme, elle se tuera!
Aussi comprend-on qu'un mari qui adorait sa
femme ait pu comme ça, à propos de rien, devenir de glace, la laisser presque toujours seule,
et ne pas même s'apercevoir qu'il la fait mourir de chagrin!

—Vous qui êtes sans façon avec elle, puisque
vous l'avez connue toute petite, dites-lui qu'elle
doit devenir philosophe, mademoiselle Rose.

— Philosophe! qu'est-ce que ça veut dire,
monsieur Pierre?

— Ce que ça veut dire? Tout et rien... Mais
tenez, vous comprendrez ceci : l'amour est un
beau papillon qui aime à voltiger de fleur en
fleur : dans cette maudite cage qu'on nomme mariage, il ne peut vivre longtemps.

— Autrement dit, monsieur Pierre, l'amour ne résiste pas longtemps au mariage... Elle est jolie votre morale.

— Que voulez-vous, je parle simplement par expérience ; j'ai déjà fait bien des maîtres, je n'en ai jamais rencontré qui s'aimassent bien longtemps. En public, monsieur était tout miel, tout petits soins ; en particulier, ce n'était plus ça : monsieur trompait madame, et quelquefois celle-ci le lui rendait bien : un vrai échange de mauvais procédés, quoi ! Du reste, ce n'est pas moi qui m'en plaignais, car j'y gagnais de beaux louis : ils sont à la Caisse d'épargne, mademoiselle Rose, peut-être vous décideront-ils à m'aimer un peu et à m'épouser.

—Fi ! l'horreur ! de l'argent amassé ainsi ! Eh bien, moi, j'aimerais mieux ne pas posséder un centime que d'avoir ce que vous appelez de *beaux louis* gagnés de cette façon-là !

— Bast, quand on est au service il ne faut pas être si délicat... D'abord, le premier devoir d'un bon serviteur est d'obéir, quoi qu'on lui commande ; ensuite ne serait-il pas malséant de refuser ce qu'on nous donne ?

— Vous avez, à ce que je vois, une conscience tant soit peu élastique... Du reste, prenez-en votre parti ; mais ici vos *louis* ne s'augmenteront pas : monsieur est moins épris, c'est vrai, il aime un peu trop le jeu et le cercle, mais il ne songe pas à tromper ma maîtresse.

— Ta, ta, ta, croyez cela !

— Comment ! sauriez-vous quelque chose, par hasard ?

— Moi ! rien.

— Voyons, mon petit Pierre, soyez gentil, ne faites pas le discret, après en avoir trop laissé deviner !

— Pas si bête de parler, vous répéteriez tout
à madame.

— Ne serait-ce pas mon devoir?

— Bien obligé de votre devoir, madame ferait une scène à monsieur, et monsieur, pour
me punir d'avoir bavardé de ses affaires, me
chasserait, et cela au moment où la place devient
fort bonne.

— Eh bien! je vous promets de me taire.

— Parole d'honneur?

— Oui, parole d'honneur.

— Dans ce cas, sachez, mademoiselle Rose,
que j'ai déjà gagné dix louis.

— Jusqu'ici, ça ne prouve pas grand'chose.

— Au contraire, ça prouve beaucoup de choses, car ils m'ont été donnés par monsieur, après
qu'il m'a eu donné l'ordre de porter, tantôt un
billet, tantôt un bouquet à Mme de Marnas. Or,
suivez mon raisonnement : comme je suis au

service de monsieur pour le servir, les courses
ça rentre dans le service, pas besoin de me payer
en sus. Ces louis veulent donc dire : « Je fais la
cour à cette dame, soyez discret. » Les maîtres,
voyez-vous, mademoiselle Rose, ne disent jamais : *Je trompe ma femme, gardez-m'en le secret*, ils sont bien trop fiers pour cela ; ils don-
nent la pièce, ce langage est compris de tout
valet bien appris.

— Vous êtes très fort, monsieur Pierre, mais
avouez que c'est affreux : tromper une femme
jeune, jolie, et qui l'aime de tout son cœur,
pour une femme qui n'est ni jeune ni jolie, et
qui se peint les cils, se barbouille la figure avec
du blanc et du rouge ; car ce n'est pas une
femme naturelle, cette Mme de Marnas, c'est une
peinture... et ces cheveux dont elle est si fière,
ils sont faux. C'est, du reste, une femme qui n'est
que fausseté, car elle se dit l'amie de madame

et elle essaye de lui enlever le cœur de son mari.

— Chez un de mes anciens maîtres, c'était e meilleur ami de monsieur qui faisait la cour à a femme; il paraît que les amies intimes ne v lent pas mieux que les amis intimes...

— Mais au moins, si elle était jolie! Vous co viendrez bien que notre dame est mieux qu'elle?

— Ça dépend, Mme de Marnas a du chien!

— Vous dites, monsieur Pierre? fit Rose d'un air étonné.

— Je dis qu'elle a du chien; comment, vous ne connaissez pas ce mot? c'est pourtant une ex-pression du grand monde. Mon maître, le baron de Lussac, lorsqu'il voyait une femme, mettait son lorgnon, la toisait des pieds à la tête, puis il disait: Elle a du chien!

— Je ne comprends pas davantage la signi-fication du mot.

Pierre jeta un regard de profonde commisé-
ration sur Rose en lui disant : On voit bien que
vous n'avez pas servi dans la haute.

Un léger bruit se fit entendre dans l'apparte-
ment à côté.

— Chut! c'est madame, dit Rose; et tous
deux se remirent à leur travail silencieusement.

Elise entra, enveloppée dans un peignoir de
mousseline; sa figure paraissait en effet aussi
blanche que cette étoffe, ses lèvres rouges et
fiévreuses annonçaient son état d'agitation morale, ses grands yeux bleus paraissaient plus
bleus et agrandis par la pâleur de son visage.

— Monsieur est-il levé, Pierre ?

— Non, madame, il n'a pas sonné encore.

— Eh bien, lorsqu'il vous appellera, rappelez-
lui que je l'attends, et toi, Rose, viens m'habiller.

Une heure après, comme sa toilette était
achevée, Pierre gratta à la porte de sa chambre.

— Monsieur m'a dit de dire à madame qu'il la
priait de l'excuser s'il n'a pu venir lui dire bonjour, mais il est invité à déjeuner en ville à onze
heures, et il était onze heures moins dix.

Élise, en entendant ces paroles, devint encore
plus pâle, elle se retint au dossier d'un fauteuil,
car elle se sentait défaillir.

— C'est bien, Pierre , dit-elle d'une voix
brève, en faisant un geste pour le congédier.

La porte refermée, elle se laissa tomber sur
un fauteuil et se mit à fondre en larmes.

Rose avait une bonne nature, et elle aimait
sincèrement sa maîtresse; elle vint s'agenouiller
devant elle, et lui dit :

— Du courage, madame, vous vous tuez !

— Mais, Rose, c'est aujourd'hui l'anniversaire de notre mariage... le quatrième seulement... et déjà il m'abandonne... Eh quoi, ne
pas même venir m'embrasser !... partir sans me

dire un mot... Te souviens-tu, Rose, comme l'an passé j'étais contente... Oh! il m'aimait alors... et maintenant!...

— Madame, ne vous désolez pas; monsieur aura oublié que c'était aujourd'hui.

— Oh ! s'il m'aimait encore, il ne l'aurait pas oublié... Ne s'en est-il pas souvenu l'an passé ?

La pauvre Elise sanglotait, et tordait de désespoir ses belles petites mains blanches.

— Si madame veut me permettre de lui donner un conseil, dit Rose.

— Donne, ma fille.

— Eh bien, que madame remette la toilette qu'elle portait l'an passé, c'était une robe en soie gris-perle, garnie de velours bleu; elle est encore là, fraîche et pas du tout démodée; que madame mette aussi à son bras ce beau bracelet que monsieur lui offrit, monsieur rentrera cette après-midi sans doute. En revoyant madame

dans ce costume, avec ce bijou au bras, il se
souviendra, il aura honte de son oubli, et je
gage qu'il saura par sa tendresse faire oublier
sa faute.

— Tu as raison, Rose, merci de ce conseil, je
n'aurais pas osé lui reprocher son oubli; que ma
toilette réveille en lui le souvenir d'un jour où
nous avons été bien heureux, car je n'ai mis
cette robe que ce jour-là, et Charles me disait à
chaque instant : Comme cette toilette te sied, mignonne, elle te va à ravir.

Elle se leva, essuya ses beaux yeux et se
laissa habiller presque gaiement, tout en répétant : Quelle bonne pensée tu as eue, ma petite
Rose.

— Mais, disait la soubrette, pour qu'elle soit
vraiment bonne, mon idée, et pour qu'elle soit
couronnée de succès, il faut que madame baigne
ses yeux et qu'elle ne pleure plus. Car il faut

qu'elle soit jolie, jolie comme l'an passé...

Élise en effet bassina ses yeux avec de l'eau fraîche, puis après s'être regardée à la glace attentivement, elle s'écria :

— Ah mon Dieu ! Rose, je suis devenue laide, et c'est peut-être pour cela que Charles ne m'aime plus ?

— Non, madame n'est pas devenue laide, madame a un autre genre de beauté que l'an passé, beauté encore plus séduisante ; la pâleur lui va très bien.

— Dis-tu vrai ? Je t'en conjure, sois franche. Tu le sais, n'est-ce pas, je ne suis pas coquette, mais j'aime Charles ; son amour, hélas ! était mon seul bonheur, je ne veux pas devenir laide, car je voudrais lui plaire comme je lui plaisais au premier jour de notre mariage.

— Que madame se rassure, je puis lui jurer qu'elle est encore plus jolie que le jour de son mariage; elle avait alors la beauté de la jeune fille, elle a maintenant celle de la jeune femme, et celle-là fait plus d'impression sur les hommes, dit-on.

Rose ne mentait pas. Élise, ainsi pâlie et attristée, avait une beauté plus séduisante.

— Je vais aller à la messe, Rose, il me faudra du courage pour ne pas pleurer, car j'y vais sans lui aujourd'hui.

La jeune femme avait cette dévotion ardente et naïve des cœurs purs et des âmes d'élite, elle pria avec foi, elle supplia Dieu de lui rendre l'amour de cet époux bien-aimé. Reconfortée par la prière, et par la pensée qu'elle serait exaucée, elle rentra chez elle presque gaie.

Elle arrangea son salon, plaça le bouquet qu'elle destinait à son mari à côté d'un beau porte-cigare qu'elle lui avait brodé, puis elle attendit, nerveuse, impatiente. Elle prenait un

livre, le quittait pour aller jeter un coup
d'œil dans la glace; l'émotion avait mis une légère
couche de rose sur ses joues, et naïvement elle
se disait : je ne suis pas trop laide!... Enfin elle
entendit la voix de Charles, bien vite elle se
blottit dans un fauteuil, prit un livre à la main
et fit semblant de lire, tout en regardant en dessous Charles qui entrait. Elle voulait jouir de
sa confusion en voyant le bouquet, le cadeau, la
toilette, tout ce qui devait lui rappeler que ce
jour-là devait être un jour de fête.

De Bray avait un air fort maussade, il s'avança, lui tendit la main distraitement, en lui disant :
Bonjour, chère amie, comment allez-vous ce
matin ?

Élise se leva, et le menaçant gentiment du
doigt, elle lui dit :

— Eh bien! méchant oublieux, seriez-vous
aveugle par hasard, que vous ne voyez rien?

3.

De Bray eut un air étonné parfaitement naturel, et promenant machinalement son regard autour du salon, il dit : Qu'est-ce, qu'y a-t-il ?

— Comment ce qu'il y a ? mais regardez ma toilette ; ne vous rappelle-t-elle rien ? Ce bracelet, ne vous fait-il songer à rien... Et tenez, le langage de ces fleurs, n'est-il plus compris par vous ! Elle lui montrait, ce bouquet de roses blanches mêlées à des touffes de myosotis, qu'elle avait préparé pour lui !

Un léger nuage de confusion passa sur la figure de de Bray ; il sentait qu'il avait eu tort, et que sa femme était en droit de lui en vouloir.

Il y a deux catégories de maris : l'une est formée de ceux qui, ayant le cœur et le caractère bons, lorsqu'ils se mettent dans leur tort essayent de se faire pardonner ; dans la seconde on trouve ceux qui, par un orgueil mal entendu, ne veulent pas avoir tort... Aussi, pour couper court aux reproches mérités, ils s'empressent de se mettre en colère. Trop heureuse de voir leur colère se calmer, la femme se tait et n'ose plus risquer le plus petit reproche.

De Bray s'empressa d'imiter ces derniers. Ne voulant pas s'excuser, il se fâcha.

— Avez-vous cru de bonne foi, ma chère, que j'allais éternellement m'associer à vos enfantillages ridicules, et voudriez-vous exiger que, comme un amoureux de comédie, je me livre au langage des fleurs et passe ma vie à vous offrir des bouquets ? Oui, sans doute, vous auriez désiré aussi que je vous accompagnasse ce matin à l'église ? et cela au risque de me rendre parfaitement ridicule aux yeux des gens d'esprit. Tenez, si vous aviez de l'intelligence et du bon sens, vous seriez la première à comprendre que ces enfantillages doivent avoir un terme, et vous ne me feriez pas une scène ridicule.

Notez qu'Elise n'avait pas dit un mot pendant cette tirade désagréable et plus que déplacée ; les larmes montant à ses paupières, elle essayait pourtant de comprimer ses sanglots ; du reste, ce langage l'avait si fortement saisie et lui avait tellement serré le cœur, qu'elle n'aurait pas trouvé un mot à dire.

Feignant de ne pas s'apercevoir de son émotion, il ajouta :

— N'ayant pas eu le plaisir de vous voir ce matin, je venais un instant pour vous prévenir que je dîne en ville. Ne m'attendez donc pas.

Puis il lui tendit la main.

Elise, anéantie de douleur, ne vit pas même ce mouvement.

Alors de Bray s'éloigna en grommelant :

— Y a-t-il rien d'ennuyeux comme les femmes qui boudent !

Il referma la porte brusquement et il s'empressa de sortir craignant d'être rappelé.

Pauvre Élisa, quelle triste journée elle passa ! Les souffrances du cœur sont impossibles à dépeindre, elles ne peuvent être comprises que par ceux qui ont aimé purement, ardemment, et qui, comme Élisa, ont vu tout à coup la froideur, l'aigreur même succéder à la tendresse et à l'amour réel Les autres ne savent pas comprendre ces douleurs-là, ils sont tentés de les appeler des exagérations d'un esprit romanesque.

III

Suivons de Bray : prestement il saute dans un
fiacre, et l'air joyeux du prisonnier prenant la
clef des champs, il crie au cocher : 20, rue de
Milan. Dix minutes après il était introduit dans
un boudoir mystérieux et coquet, tendu en satin jaune avec des bandes de velours noir, d'é-
pais rideaux, velours et satin, interceptaient le
jour qui n'arrivait que faible comme un crépus-
cule ; des portières de même étoffe et fortement
capitonnées recouvraient les portes, un large

divan de satin jaune, garni de coussins de satin
noir brodés de gros bouquets de roses jaunes,
garnissait le fond de cette pièce ; à droite et à
gauche du divan, des jardinières en Sèvres, or-
nées de fleurs rares et exotiques, une table en
laque, deux petites chauffeuses, tel était le mo-
bilier de ce réduit charmant. Ah ! j'oublie, des
glaces de Venise encadrées dans chaque pan de
mur. Une femme était nonchalamment couchée
sur ce divan, drapée dans une robe de chambre
en satin ponceau, ornée de flots de dentelles
noires : c'était Mme de Marnas. En voyant entrer
de Bray, un éclair de triomphe illumina sa figure,
et tout en lui tendant la main, elle lui dit de sa
voix la plus mielleuse :

— Quelle folie, mon ami, de prendre au sérieux le caprice d'un cœur malade, il fallait rester chez vous.

— Non, certes ; j'ai annoncé à Élise que je

dînais en ville; donc, me voilà à vos pieds pour toute la soirée.

En effet, joignant l'action à la parole, il s'agenouilla près d'elle.

— Que vous êtes bon ! murmura-t-elle à son oreille; tenez, je suis si heureuse du sacrifice que vous me faites, que je ne sais comment vous en remercier.

— Un sacrifice ! méchante; ai-je l'air d'un homme qui se sacrifie, et ne voyez-vous pas combien mon cœur bat de bonheur de me trouver près de vous... et sans témoins.

— Tenez, dit-elle avec un geste d'adorable coquetterie, le mien bat bien fort aussi.

Et elle posa la main de Charles sur son cœur; sa tête était penchée sur l'épaule du jeune homme, qui passa son bras autour de sa taille et déposa un long baiser sur ses lèvres; elle se dégagea avec un petit cri d'effroi.

— Je vous en supplie, dit-elle...

— Non, je n'écouterai rien, Alix; non, malgré vous, vous serez à moi; ne m'avez-vous pas dit que vous m'aimiez, et ne voyez-vous pas combien, depuis cet aveu, je vous adore... T'en souvient-il, Alix, c'était l'an passé à pareil jour, que tu m'ouvris ton cœur? Ah! quel trouble cela jeta dans mon âme, trouble délicieux, mon adorée; avoir été aimé par toi, mais c'était à rendre fou d'orgueil, si cela ne m'avait pas rendu fou d'amour.

— Ne me rappelez pas ce jour-là, Charles; d'abord j'ai commis une faute en vous laissant deviner la vérité; mais j'avais tant souffert en vous entendant, vous, vous le seul homme à l'estime de qui je tinsse, dire tant de mal de moi, que j'ai été faible, je n'ai pu résister au désir de me réhabiliter dans votre esprit... Ensuite je croyais si bien ne plus vous aimer,

que je pensais que cet aveu était sans
danger.

— Ne plus m'aimer! Est-ce que l'amour vrai
peut finir! Croyez-vous que le mien pourra jamais cesser?

— L'amour réel est éternel, comme vous le
dites; pourtant une chose peut l'affaiblir, c'est le
ridicule, et pardonnez-moi, ami; mais en vous
voyant suivre le sentimentalisme de pension-
naire de cette pauvre Élise, qui est une charmante enfant, une douce créature, mais qui, à
coup sûr, manque un peu d'intelligence et ne
comprend pas même la grande passion, la seule
noble et réelle, j'éprouvai un certain bien-être;
je me dis : Mon cœur s'est trompé ; ce n'est pas
là l'homme qu'il doit aimer. Car, enfin, mon
ami, vous étiez parfaitement ridicule.

Charles était tout confus. Bien loin d'essayer
de défendre sa femme, il lui en voulait mortelle-

ment, étant tout à fait persuadé qu'elle l'avait rendu grotesque.

—Ne m'accablez pas, Alix, lui dit-il.

— Et, à propos, vous oubliez de me donner des détails sur la scène que vous devez avoir subie pour pouvoir obtenir cette soirée de liberté, pauvre prisonnier?

— Je ne lui ai pas laissé le temps de faire une scène, je l'ai trouvée dans le salon, vêtue de la robe qu'elle portait l'an passé, le bracelet que je lui ai offert au bras, sur la table à côté un bouquet et un porte-cigare étaient préparés pour moi, elle comptait sur cette mise en scène pour me faire tomber à ses pieds.

— Un bouquet, un porte-cigare! est-elle assez bourgeoise, cette pauvre Élise! s'écria Alix en riant aux éclats.

— J'ai fait semblant de ne rien voir, continua Charles; j'ai annoncé que je dînais en ville et je me suis enfui sans attendre ses cris et ses larmes.

— Pauvre ami, lorsque je songe que ce n'est que partie remise et que pendant cinq ou six jours elle va vous rendre la vie insupportable avec ses airs de victime ; j'ai vraiment un remords de vous avoir demandé de passer cette journée avec moi. Mais aussi comprend-on une femme du monde aussi peu intelligente ! Et quelle fatalité, quelle soit devenue la femme d'un homme comme vous, supérieur en tout au commun des mortels ! Car il faut l'avouer, Charles, votre cœur est bon, mais votre intelligence est grande. Quel homme de génie vous deviendriez, si vous ne vous étiez pas enterré dans un ménage bourgeois. Si j'avais eu le bonheur d'être votre femme, j'aurais voulu que vous fussiez un homme célèbre, j'aurais voulu pour vous la gloire et la célébrité ; car pour devenir tout cela, vous n'auriez qu'à vouloir, croyez-le bien.

Charles aimait l'encens, il était vaniteux, je l'ai déjà dit; aussi, en entendant parler ainsi Mme de Marnas, un sourire d'orgueil effleurait ses lèvres. On est toujours fort crédule sur son propre mérite, et il était pleinement convaincu qu'il était un homme de génie et que sans ce mariage bourgeois, il serait devenu un homme célèbre, et qu'il savait gré à cette femme de lui dire cela !

Avec une adresse merveilleuse, Mme de Marnas avait deviné le caractère de Charles; elle avait compris que l'orgueil était son faible. Alors, avec autant de patience que de finesse, elle avait exploité ce défaut, puis avec une persistance digne d'une meilleure cause, elle s'était acharnée à lui montrer Elise sous un jour ridicule; tout en l'appelant *cette chère petite, ce bon petit ange, sa mignonne chérie,* elle trouvait à son désavantage tous ses actes et jusqu'à ses moindres paroles. Elle avait mis tant de tact et de finesse à ce manége, qu'Elise, intelligente, mais cœur pur et naïf, ne soupçonnant rien de la rouerie du monde et de la perfidie de certaines âmes, n'avait même pas deviné le manége de cette femme ; de bonne foi, elle disait : Alix est ma meilleure amie.

Quant à Charles, il avait un de ces esprits très limités qui se laissent fort aisément persuader qu'ils sont des êtres supérieurs ; la flatterie continuelle dont elle le berçait lui était devenue indispensable, et cet amour brûlant qu'elle lui avait avoué avoir éprouvé pour lui, lui avait fait monter une bouffée d'orgueil à la tête ; il s'était pris à aimer cette femme fort sérieusement, par la simple raison qu'elle avait flatté son amour-propre, il en était venu à ne plus considérer Élise que comme une petite sotte ; il était

humilié, lui, homme supérieur, d'être lié à cette
nullité.

Pour arriver à ce résultat, Mme de Marnas
avait mis un an. Trop intelligente pour ne pas
savoir que l'homme n'attache du prix qu'à ce
qu'il désire longtemps, tout en avouant qu'hélas
son cœur n'était pas guéri, tout en jouant la
passion folle avec lui et tout en parlant sans
cesse de son projet de le fuir, d'aller l'oublier
au bout du monde... elle était restée, mais elle
ne s'était point donnée à lui encore... Trahir
mon amie d'enfance... trahir cette pauvre
Élise ! Jamais, disait-elle, j'aime mieux souffrir,
j'aime mieux mourir de mon amour ! La veille
de ce jour-là. Charles la priait, la suppliait, de
se rendre enfin et de lui accorder cette dernière
faveur de l'amour.

— Eh bien ! lui avait-elle dit, puisqu'il faut
qu'après vous avoir sacrifié mon repos je vous

sacrifie encore mon honneur, venez demain, nous dînerons ensemble chez moi en tête-à-tête, et je vous prouverai que je vous aime assez pour tout immoler à votre bonheur...Et comme, ivre d'espérance, il couvrait ses mains de baisers brûlants :

— Ah! mais, j'oubliais, ami, pardonnez-le moi, c'est demain un jour qui ne peut m'appartenir... Et elle avait porté son mouchoir à ses yeux pour essuyer des larmes qui n'y étaient point.

— Comment, qui ne peut vous appartenir! Demain, âme de mon âme, je viendrai vous demander à déjeuner ; ensuite je viendrai dîner avec vous, et ne vous quitterai que lorsque vous me chasserez.

Mᵐᵉ de Marnas, comme par un élan irrésistible, avait posé son bras sur son épaule, et elle lui avait donné un baiser, un baiser d'amour, tout en murmurant : Merci, merci, ami !

— Oh! comme j'aurais souffert si vous aviez passé cette journée avec elle !

Et voilà comment la pauvre Élise passa si tristement son quatrième anniversaire de mariage, et voilà par quelle savante tactique Mme de Marnas parvint à se faire adorer du mari de son amie, selon le monde, mais qu'au fond de son cœur, comme nous le verrons plus tard, elle considérait comme son ennemie la plus intime et contre laquelle elle nourrissait une haine profonde.

IV

Elise, blessée mortellement au cœur par la brusque indifférence de son mari, souffrait cruellement ; ne soupçonnant pas cependant qu'il fût aussi coupable, elle ne croyait qu'à la lassitude d'un bonheur calme, d'un intérieur qui peut-être lui paraissait monotone, et parfois elle se donnait tort à elle-même, et elle se demandait si ce n'était pas sa faute. J'ai peut-être enlaidi, se disait-elle, et comme sa glace lui disait : pas trop, elle pensait encore que peut-être elle n'avait pas su rendre son intérieur assez agréable, et elle se faisait d'amers reproches.

Pour son Charles, qu'elle aimait toujours tendrement, malgré sa froideur, elle n'avait jamais de reproche; elle s'étudiait à lui plaire, à rechercher ce qui pouvait le retenir chez lui; elle se disait : En voyant combien je l'aime et en voyant ma résignation, il fera un retour sur lui-même et un jour il me reviendra tendre et repentant.

Lorsqu'elle sentait son énergie et son courage faiblir devant une marque de désaffection trop réelle, elle allait s'agenouiller sur son prie-Dieu, elle pleurait, elle priait; la prière est un baume puissant et efficace pour les âmes croyantes, elle retrouvait dans elle de la force et de la patience.

Le monde commençait à savoir que de Bray négligeait sa jeune femme.

— Elle a l'air bien triste, disait-on.

— Comment peut-on délaisser une femme si jolie et si vertueuse! ajoutaient quelques-uns.

Mais peu de personnes connaissaient le nom de la rivale d'Élise, et elle-même était bien loin de s'en douter, car elle la recevait avec plaisir et la prenait pour confidente de ses peines. Ces confidences avaient un charme tout particulier pour cette amie perfide, qui, pourtant, n'était pas satisfaite complétement de sa victoire; car si elle devenait par trop exigeante, malgré l'empire qu'elle avait su prendre sur lui, de Bray lui disait :

— Songez, mon amie, que l'honneur m'ordonne de sauver les apparences et d'avoir quelques ménagements pour Élise, qui est la vertu et la douceur même.

Elle lui avait pris l'amour de son mari, mais elle n'avait pu lui enlever son estime; voilà ce

4.

qui rendait la vengeance incomplète à ses yeux.

Un jour Charles, sans le vouloir, eut un mot sanglant pour elle : adroitement elle lui insinuait que, peut-être bien, la douceur évangélique avec laquelle Élise supportait son abandon était moins méritoire, que sans doute elle aussi avait donné son cœur à un autre. Sous cette insinuation perfide, Charles se redressa l'œil en feu, les lèvres pleines de colère :

— Ah ! dit-il, trompons-là, c'est assez, mais ne la calomnions pas ; Élise est un ange de vertu, jamais elle n'ouvrira son cœur à l'adultère !

Alix se redressa à son tour :

— Que suis-je donc, moi, qui vous aime d'un amour doublement coupable ? Et si je suis digne de mépris pourquoi m'aimez-vous ? Puis elle éclata en sanglots.

Charles se traîna à ses pieds, lui demanda

pardon mille et mille fois. L'amour impétueux
de cette femme lui était devenu nécessaire, il
tremblait à l'idée d'une rupture...

Elle pardonna, mais sa haine pour Élise
augmenta, car elle la rendait responsable encore de l'insulte sanglante qu'elle avait reçue,
et elle sentait fort bien qu'Élise abandonnée,
sacrifiée, avait le beau rôle.

— Ah ! se disait-elle, que ne donnerais-je
pas pour qu'elle trompât son mari, et pour
qu'il ne pût plus me rabaisser pour la rehausser ;
pour qu'il ne pût plus m'insulter en rendant
hommage à sa vertu.

Il est certains hommes, dans le monde, qui
n'ont pas d'autre profession que celle de don
Juan : séduire les femmes, les faire glisser dans
la pente du vice et du déshonneur, a pour eux
un charme attractif ; ils séduisent méthodique-
ment, systématiquement ; ils ont sur ce genre

d'occupation, à laquelle ils consacrent leur
vie, des théories; ils en font une affaire et une
distraction tout à la fois; comme le chasseur,
ils sont constamment à la piste du gibier à tra-
quer, le cœur n'y étant pour rien ou pour fort
peu, ils n'ont pas de prédilection pour la brune
ou pour la blonde; ils chassent la première
femme qui est assez gentille et jolie pour flatter
leur amour-propre et qui se trouve dans des
conditions telles que le succès peut couronner
leur intrigue : la femme jeune et délaissée paraît un excellent gibier à ces voleurs d'honneur.

Plusieurs beaux papillons songeaient déjà au
moyen de voltiger autour de la belle Élise, mais
elle vivait retirée et n'était point coquette : c'é-
tait difficile.

L'un d'eux, Victor de Bannière, l'avait connue jeune fille, il l'avait trouvée ravissante;

mais, comme il n'avait que vingt ans au moment de son mariage, il n'avait pu songer à l'épouser. Lié intimement avec Charles, il était venu souvent chez lui, il avait revu Élise et il avait été impressionné de sa beauté. Mais, d'abord, Charles était son ami ; ensuite, le moyen de venir en don Juan dans un ménage où le mari et la femme vivent dans une continelle lune de miel ?

Mais depuis qu'il savait qu'Elise était délaissée et qu'on la disait fort malheureuse, il se surprenait à se faire le raisonnement suivant : — Il est mon ami, c'est vrai ; mais qui me dit qu'il respecterait ma femme, si j'en avais une ? Je le crois un peu Lovelace : je gage qu'il se ferait un plaisir de me tromper... Ensuite, il doit savoir à quoi il s'expose en négligeant sa femme, peut-être il a lui-même déposé son cœur aux pieds d'une femme mariée, et il lui vante,

sur tous les tons, les douceurs de l'amour coupable... Pourrait-il s'étonner, si l'on parlait de
ces mêmes douceurs à sa femme? Ce serait absurde... Au reste, les maris de nos jours font la
part belle aux galants... Au bout de deux ou
trois ans de mariage, souvent plus tôt, jamais
plus tard, ils délaissent leur femme, et après
leur avoir fait connaître les joies de l'amour, ils
les sèvrent brusquement, et vont porter leur
cœur et leurs hommages à une autre. La femme
se livre à la douleur. Le moment n'est pas venu
pour l'amant de se présenter ; mais à la douleur
la lassitude et l'ennui succèdent, la femme trouve
la maison triste, les soirées longues. Voilà le
bon moment de se présenter : on plaint, on con-
sole, et... on est aimé ! Comment ne pas aimer
celui qui a chassé l'enuui, cet hôte énervant !

Si jamais je commets la folie de me marier,
ce n'est pas aux adorateurs que je ferai la chas-

se, c'est à l'ennui ; je forcerai ma femme à se distraire, je la pousserai à s'amuser, avec le même zèle que les autres mettent à la faire ennuyer. Voilà exactement ce que se disait un jour et à lui-même Victor de Bannière, lorsqu'il partit d'un franc éclat de rire... Suis-je absurde de donner ainsi des conseils à ces imprudents maris et de leur faire de la morale alors que je me dispose à profiter une fois encore de leur maladresse... Tant pis pour Charles ! je vais essayer de sauver sa femme ; la laisser se mourir de chagrin serait peu charitable.

Il se dirigea vers l'hôtel de Bray. Il savait Charles absent, il l'avait aperçu au cercle, mais hypocritement il demanda s'il était visible.

— Monsieur est sorti, répondit Pierre.

— Et Mme de Bray, est-elle visible ?

— Madame... je ne sais trop, monsieur ; cependant, comme elle n'a pas fait défendre sa porte, je pense que monsieur peut entrer.

Victor avait eu si peur de se voir refuser l'entrée, que par un mouvement machinal et sans se rendre compte de l'inconvenance du procédé, il mit un louis dans la main de Pierre, qui le remercia d'un air malin.

— Ah ! ah ! se dit-il, la place va devenir très bonne.

Élise brodait, près de sa cheminée.

Victor, après lui avoir baisé la main, lui dit :

— Pardonnez-moi, je suis indiscret peut-être, car ce n'est pas votre jour, mais voilà plus de dix fois que je viens voir Charles, inquiet de ne plus le voir au cercle ; on me répond toujours qu'il n'y est pas, j'ai pensé qu'il était malade, peut-être, et que pour se sauver des importuns, il faisait répondre qu'il était sorti. Alors, pour avoir de ses nouvelles je suis venu vers vous.

Victor mentait, il avait aperçu souvent son ami au cercle, il n'était point venu le voir, mais avec un esprit machiavélique il se disait : Il doit donner le cercle comme prétexte à ses absences. Faisons naître un soupçon de jalousie dans le cœur de la jeune femme en lui insinuant que ce n'est pas là qu'il passe son temps.

Cela réussit au gré de ses désirs, car un nuage passa sur le front d'Élise, puis après une minute elle dit :

— Vous ne rencontrez plus Charles au cercle! C'est étonnant, je croyais qu'il y allait tous les jours ?

De Bannière changea habilement de conversation.

—Mais savez-vous, madame, que tout le monde se plaint de vous? vous délaissez ces salons dont vous étiez l'ornement le plus gracieux;

on vous cherche en vain, on ne vous voit plus nulle part.

— Ma santé n'est pas très bonne depuis quelque temps et je sors peu.

— Mais en effet, je vous trouve changée ; vous êtes pâle et maigrie ; seriez-vous réellement souffrante ?

— Mais oui, très réellement, dit Elise avec un accent de tristesse résignée.

Le jeune homme se rapprocha d'elle, et avec un air de tendre intérêt il reprit :

— Comment Charles peut-il vous laisser seule, comment ne s'efforce-t-il pas à force de soins et de tendresse à faire revenir sur votre doux visage ces teintes roses qu'il avait, et dans vos yeux cette expression de joie qu'on y lisait naguère ?

Elise rougit et ne répondit rien.

Alors le beau séducteur continua de sa voix la plus insinuante :

— Est-ce possible qu'on néglige son intérieur lorsqu'on possède une femme comme vous, qui réunit à la beauté la plus parfaite un esprit vif et enjoué, et qui a la bonté inappréciable de vous aimer ?... Oh ! si j'avais le bonheur d'être marié dans ces conditions-là, il me semble qu'il me serait impossible d'abandonner pour une heure seulement la compagne chérie de mon foyer. Je passerais mon temps à ses pieds ; je dépenserais toutes les ressources de mon imagination pour lui embellir notre intérieur... Comme les plaisirs du monde, cette vie insipide des cercles, comme tout cela doit paraître terne et ennuyeux à l'homme qui laisse, pour y aller, une femme aimée chez lui. Ce doit être si doux la vie à deux ?

— Oui, répondit Elise, la solitude à deux, la vie d'intérieur ont un grand charme ; le monde, avec son tourbillon, finit par vous faire l'effet

d'une lanterne magique qui fait passer devant
vos yeux mille comédies burlesques, mille dra-
mes navrants, mais qui ne s'adressent qu'aux
yeux, et ne parlent pas au cœur ; aussi cela lasse
dès qu'un sentiment réel et sérieux s'empare de
votre âme...

—Oh ! comme vous avez raison, s'écria de Bannière, et comme votre peinture de l'effet produit
par le monde est exacte ! Une seule chose ne
lasse jamais, c'est la vie du foyer avec la femme
aimée : quel spectacle, quel bal splendide pour-
raient avoir le charme exquis d'une bonne cau-
serie au coin du feu, ou, l'été, d'une longue pro-
menade sous les grands arbres touffus ?

— Mais, hélas ! murmura Élise comme se
parlant à elle-même, les hommes se lassent vite
de toute chose ; un bonheur facile finit par leur
paraître monotone.

— Ah ! madame, vous les calomniez ; croyez

qu'il en est qui ne se lasseraient jamais de cette vie d'amour pur et tranquille. Ceux qui n'aiment pas sérieusement peuvent seuls s'en fatiguer.

— Oui, un jour vous direz ces belles phrases à votre fiancée. Pauvre enfant! elle y croira! mais lorsqu'elle sera devenue votre femme, elle fera la triste expérience que les serments d'amoureux sont plus fragiles que la feuille qu'emporte la moindre brise!

Mme de Bray était dans un jour de sombre désespérance. Le matin même son mari avait déjeuné avec elle, mais il était froid, morose; à un de ses reproches affectueux sur l'indifférence qu'il lui témoignait et qu'elle n'avait rien fait pour mériter, et sur l'isolement dans lequel il la laissait, il s'était emporté...

— Est-ce que je vous empêche d'aller dans le monde! Vous ai-je refusé de vous conduire au bal? N'avez-vous pas votre loge à l'Opéra?

Vraiment, ne dirait-on pas que je vous retien.
prisonnière à voir vos airs penchés et mé-
lancoliques, et à entendre vos éternelles plaintes
Et pouvez-vous raisonnablement exiger que j'
passe ma vie à vos pieds! Pouvez-vous me dé-
nier le droit de faire ce que font tous les hommes, d'aller au cercle, au bois?

Elle s'était tue, mais son cœur était gros d'
larmes et, malgré elle, elle laissait percer su
tristesse dans sa conversation avec de Bannière
Elle n'avait pas assez l'expérience du mond'
pour savoir, du reste, que la femme en laissant
soupçonner son abandon, s'expose à subir l'of-
fre impertinente d'être consolée.

—Quelle opinion détestable vous avez des hommes, madame! répéta-t-il. Mais c'est tout simpl'-
ment navrant pour nous. Si je me mariais un jou',
je vous le jure bien, la vie calme, heureuse d'
tête-à-tête conjugal ne me lasserait jamais.

— Puisque vous avez de si bonnes intentions, vous devriez vous marier bien vite.

— Hélas ! je ne le puis !

— Vous ne le pouvez pas, dit Élise d'un air étonné et interrogatif.

— Je ne le puis pas, madame, parce que je ne comprends le mariage qu'avec une femme qu'on aime ardemment, à qui l'on a donné son âme tout entière.

— Eh bien, cherchez, il y a des jeunes filles douces et bonnes, au cœur tendre et pur, parmi elles peut-être trouverez-vous une compagne digne de vous comprendre et de vous inspirer cet amour réel.

Victor de Bannière eut une minute d'hésitation ; puis, avec un trouble admirablement joué, il répondit :

— Mon cœur n'est plus libre, il s'est donné à mon insu.

—Eh bien ! raison de plus pour vous marier.

— Hélas ! madame, celle que j'aime avec toute l'ardeur d'un cœur qui en est à son premier amour, celle pour qui je donnerais volontiers ma vie, que j'aurais adorée à deux genoux si Dieu m'eût accordé le bonheur de devenir son époux... celle-là n'est plus libre, elle appartient à un autre.

Une femme coquette aurait pressenti le piége et bien vite elle aurait quitté ce terrain dangereux, mais Elise était innocente et pure ; ne songeant jamais au mal elle ne pouvait le deviner, mais la pensée d'un amour coupable effaroucha sa loyauté.

— Eh quoi, dit-elle d'un air presque sévère, vous aimez une femme mariée ?

— Oui, mais elle ignore mon amour, elle l'ignorera toujours, et je saurai souffrir en silence.

— Ah ! c'est bien, cela, c'est d'un noble cœur et d'un honnête homme ; et la jeune femme tendit la main au don Juan, puis elle ajouta : Mais je vous plains, aimer sans pouvoir être payé de retour, c'est un affreux supplice.

—Vous avez raison, madame, c'est un affreux supplice, et j'ai souffert cruellement depuis trois ans que je suis forcé de refouler cet amour dans mon cœur et de le cacher à tous les yeux.

— Trois ans, murmura Elise; on calomnie donc les hommes, lorsqu'on insinue qu'ils ne sauraient aimer longtemps si leur amour est sans espoir.

—Non, on ne les calomnie pas, car la majorité est ainsi, mais il est quelques rares natures d'élite, qui, elles, comprennent l'amour pur, l'amour sublime. J'ose me flatter d'être de ce nombre, et d'avoir le cœur haut placé. Ah ! c'est que, voyez-vous, madame, je l'aime comme l'on

5.

n'aime qu'une fois dans la vie, d'un amour que rien ne saurait affaiblir ni effacer, pas même la mort; car que serait le ciel, si dans l'autre monde, nous ne pouvions aimer encore ceux que nous avons aimés ici-bas?... Mais, que je serais heureux si je pouvais une fois, une seule fois lui dire tout l'amour qui consume mon cœur... lui dire : Je vous aime avec ivresse! avec idolâtrie, vous êtes tout pour moi, je ne vis que pour vous chérir!

Tout en parlant ainsi, de Bannière avait pris la main de la jeune femme et il s'était laissé glisser à ses genoux.

Elise avait si peu prévu le dénoûment de la comédie jouée, elle avait été de si bonne foi, qu'elle regarda le jeune homme avec un air d'étonnement réel :

— Que faites-vous, monsieur ? lui dit-elle.

— N'avez-vous pas deviné, madame, que celle

que j'aime ainsi, que celle à qui mon âme tout entière s'est donnée, c'est vous?

— Monsieur, songez-vous à qui vous parlez? et en disant cela Elise dégageait brusquement sa main que le jeune homme couvrait de baisers.

— Ah! soyez bonne, laissez-moi vous dire une fois, une seule fois, que rien ne pourra éteindre l'ardent amour que votre séduisante beauté, vos grâces naïves ont fait naître dans mon cœur.

Elise se leva droite et fière.

— Pas un mot de plus, monsieur de Bannière, car vos paroles sont autant d'insultes pour moi : me les faire entendre c'est me dire que vous me croyez capable de les écouter. Souvenez-vous que je suis mariée, et de plus la femme de votre ami le plus intime.

De Bannière se releva, puis croisant ses bras sur sa poitrine avec un geste théâtral, il s'écria :

— Est-ce ma faute à moi, si vous êtes la
femme d'un autre? est-ce ma faute si je vous
aime? Commande-t-on à ses sentiments? Vous
êtes, me dites-vous, la femme de mon ami le
plus intime. C'est vrai... mais vous aime-t-il,
lui? Sait-il apprécier son bonheur? Non, il vous
délaisse... Vous le croyez au cercle, eh bien, in-
formez-vous, et vous verrez qu'il vous délaisse,
non pour la dame de pique, mais pour des
femmes qui ne valent pas la centième partie de
ce que vous valez; que dis-je, qu'on ne saurait
vous comparer sans vous faire une injure mortelle... et pourtant, ces femmes reçoivent ses
soins et ses serments. Croyez-moi, sa conduite
vous dégage. Laissez-moi vous aimer, Élise,
jamais esclave plus amoureux, plus soumis ne
se prosternera à vos pieds... Nous abriterons
notre amour sous un mystère impénétrable, nul
autre que Dieu ne connaîtra nos sentiments, et

lui nous les pardonnera, puisque c'est lui-même qui les a mis dans notre cœur.

Il voulut se rapprocher d'elle et reprendre sa main; mais d'un geste superbe d'indignation, elle l'arrêta, et d'une voix que la colère faisait vibrer elle lui répondit :

— Si je vous ai suffisamment compris, monsieur, vous avez voulu me dire ceci, n'est-ce pas? Votre mari vous trompe, je viens vous le faire savoir, espérant que la douleur que vous ressentirez à cette nouvelle sera assez forte pour égarer votre raison, pour faire taire votre loyauté et vous jeter dans l'abîme d'un amour adultère.

Avec une ironie mordante elle ajouta :

— C'est à peu près cela, n'est-ce pas, et j'ai bien traduit votre pensée?

De Bannière, interdit, baissa la tête sans répondre. Qu'aurait-il pu dire?

— Oui, continua-t-elle en s'animant encore

sous le coup de son indignation, vous avez pensé
que le désir de la vengeance me jetterait dans
les bras du premier homme assez infâme pour
venir me dire : « Vous aimez votre mari bien
tendrement, mais il ne vous aime plus ; vengez-
vous avec moi de son infidélité. » Le beau métier
que vous faites là, en vérité, monsieur !

— De grâce ! balbutia de Bannière.

— Sachez, monsieur, qu'il est des femmes
honnêtes qui, alors même que leurs maris ou-
blient leurs devoirs, savent rester pures et conserver leur dignité de femme et d'épouse. Si
elles se vengent, c'est en restant vertueuses : elles
sont alors un remords vivant pour le coupable...
Il y en a aussi, je le sais, qui, sous le vain prétexte de représailles, souillent leur honneur
dans la boue de l'adultère. Croire que je puis
appartenir à cette catégorie-là, c'est me faire une
cruelle injure : sachez-le, monsieur.

— Epargnez-moi, madame, ne m'accablez pas, soyez miséricordieuse pour un moment de fol égarement que je déplore.

— Je veux bien vous pardonner, mais à la condition que vous trouverez un prétexte pour ne plus revenir chez moi, pour ne plus jamais, devant moi surtout, serrer la main de mon mari, car je ne pourrais m'empêcher de lui dire : Ne touchez pas la main de cet homme, ce n'est pas un ami, c'est un traître. Il a parjuré l'amitié, il est venu me faire savoir ce que plus qu'un autre il devait me cacher... Il est venu me dire : Charles vous trompe, il n'est plus digne de votre amour, associons-nous pour lui jeter à la face la honte et le ridicule.

Victor de Bannière ne jouait plus la comédie, il était vraiment accablé et honteux... Il voulut balbutier une phrase, mais Elise lui montra la porte d'un geste glacial et elle-même sortit du salon par une porte du fond qui donnait dans son boudoir...

Il descendait l'escalier la tête basse et l'air tout déconcerté, un éclat de rire l'arrêta net.

C'était Mme de Marnas qui montait, elle le considéra d'un air moqueur :

— Mais mon pauvre de Bannière, qu'avez-vous donc ? De ma vie je n'ai vu figure plus ahurie : vous en avez l'air d'un bête, mais d'un bête !...

— C'est bien possible, répondit de Bannière d'un air maussade.

— Voyons, sérieusement, dites-moi ce que vous avez. Mais, à propos, vous venez de chez Mme de Bray.

— Comme vous le voyez, je sors de chez elle.

— Ah ! ah ! vous venez de chez Elise. Elle souligna tous les mots. Je commence à comprendre.

— Eh bien, tant mieux, fit le jeune homme en s'inclinant, cela m'évitera la peine de vous avouer que je me suis conduit comme un parfait imbécile.

Et il descendit l'escalier fort vite.

Alix, elle, monta fort doucement, car elle réfléchissait et se disait :

— Aurais-je trouvé ce que je cherche... l'homme qui doit me venger? Je ferai parler Elise et je saurai tout ; elle est si naïve!

Elise était rentrée dans sa chambre en proie à une violente surexcitation nerveuse, elle se promenait de long en large.

— Voilà donc, se disait-elle en se parlant tout haut, à quoi m'expose l'abandon de mon mari ! A l'insulte! ce que cet homme vient de faire, d'autres peut-être le tenteront aussi.

Ah! Charles! Charles! s'écriait-elle en tordant ses jolies petites mains avec désespoir, tu

es bien coupable ! Après m'avoir fait connaître
les joies enivrantes de l'amour, après avoir lié
ta vie à la mienne, tu me laisses exposée aux
dangers dont le monde est rempli pour la femme
jeune et abandonnée. C'est mal, bien mal, et
pourtant je t'aime toujours! Non, je ne puis
croire qu'il ne m'aime plus, qu'il aime une autre
femme... Non, c'est impossible !

Elle se laissa tomber sur son canapé et cacha
sa jolie petite figure ruisselante de larmes dans
ses mains; quelques minutes après, Rose vint
lui dire que Mme de Marnas demandait si
elle était visible. Elle avait le cœur bien gros et
les yeux bien rouges, mais Alix n'était-elle
pas son amie intime ? Prie-la d'entrer, dit-
elle.

Mme de Marnas était toute gaie et enjouée :

— Bonjour, ma toute belle; cette chère santé,
comment va-t-elle aujourd'hui?

Elise l'embrassa avec effusion mais ne répondit pas.

— Comme te voilà pâle et agitée ! Qu'as-tu donc, mignonne ?

— Alix, ma bonne Alix, je suis la femme la plus malheureuse du monde...

— Ah ! grand Dieu, chère enfant, tu m'épouvantes, que t'est-il donc arrivé ?

— J'étais si heureuse, Alix, il y a un an à peine ! Oh ! si tu savais combien il est triste alors qu'on a bu à la coupe du bonheur, de la voir se briser soudain : aussi la désespérance envahit mon âme.

— Me voilà rassurée... Vraiment, tu m'avais fait peur. Allons, je vois que ce n'est que le cœur qui est malade ; je devine de quoi il s'agit : un petit amour s'y sera glissé à ton insu...

— Comment un petit amour ? mais c'est un amour immense et éternel que je lui ai voué.

— Ah ! mais j'y songe, je viens de rencontrer au bas de ton escalier M. Victor de Bannière. Ne serait-il pour rien dans ton chagrin ?...

— Quoi, tu sais ? il a osé te dire ?...

— Il ne m'a rien dit du tout, mais c'est facile à deviner : tu es jeune et jolie, il est jeune et c'est un beau cavalier !

— Eh bien ! oui, c'est lui qui est venu encore augmenter ma tristesse, d'abord, en m'apprenant une chose horrible, à laquelle je ne veux pas croire, ensuite en m'insultant.

— Ah ! ah !... une chose horrible... une insulte... tout ceci est grave. Un peu de calme, Elise et conte-moi cela en détail, mon amitié pourra peut-être te venir en aide.

La pauvre femme se rapprocha de cette amie perfide, elle appuya son front brûlant sur son épaule et elle lui dit :

— Tu le sais, je t'en ai déjà fait la confidence :

Charles, depuis près d'un an est tout à coup devenu froid, indifférent... quelquefois brusque pour moi... J'en souffrais cruellement... mais c'est bien pire à présent, que je suis à peu près sûre qu'il en aime une autre et qu'il passe près d'elle toutes ces longues heures où il me laisse seule...

Alix, malgré l'empire qu'elle avait sur elle-même pâlit légèrement.

— Et soupçonnes-tu qui cela peut-être?

— Que m'importe son nom! répondit Élise, et elle ajouta :

— Eh bien! comme si je n'étais pas assez malheureuse, figure-toi, que enhardi par ma situation de femme délaissée, tantôt M. Victor de Bannière a eu l'impertinence de me faire une déclaration. Oui, ma chère, il m'a fait l'insulte de venir m'avouer sa flamme coupable.

— Voilà de bien dures épithètes, pour une chose qui après tout est fort excusable.

— Comment, tu trouves qu'il est excusable de me parler de son amour alors que j'appartiens à un autre?

— Mais certainement: il t'aime, il te le dit, quoi de plus naturel?

Elise leva la tête, regarda son amie dun air étonné :

— Comment, lui dit-elle, tu trouves naturel qu'il vienne me parler de son amour, tandis que je suis mariée, et qui plus est la femme de son ami le plus intime?

Mᵐᵉ de Marnas sourit, et passant son bras affectueusement autour de la taille de la jeune femme, elle continua ainsi son singulier cours de morale :

— Ma belle mignonne, tu es d'une naïveté adorable, tu es restée la petite pension-

naire, ne connaissant rien de la vie ; crois-tu
par hasard qu'il n'y a de par le monde que des
maris constants et fidèles, et des femmes vertueuses ? Ma chère, je dois te rendre le service
de t'apprendre la vie réelle. Eh bien ! presque
tous les maris trompent leurs femmes : Vois
plutôt le tien ; tu es jolie, tu l'adores, cela ne
l'empêche pas d'aimer une autre femme.

— Oh ! ne me dis pas cela, Alix, tu me fais un
mal affreux ; je t'en conjure, laisse-moi au moins
le doute.

— Mais enfant que tu es, c'est en te disant la
vérité que je te prouve mon affection, il vaut
mieux perdre ses illusions toutes à la fois, que
une à une... Écoute-moi, tous les maris ont
été, sont, ou seront infidèles,... et les femmes
peuvent se classer de la même manière : celles
qui ont trompé leurs maris, celles qui les trompent, et celles qui les tromperont.

— Alix, le moment est mal choisi pour plaisanter, car je suis trop accablée pour te suivre sur ce terrain, et j'aime à croire que tu ne parles pas sérieusement, car ce que tu dis là est horrible.

— Horrible tant que tu voudras, mais c'est vrai, hélas! Je connais la vie, moi, et tu n'en sais pas le premier mot. Mais revenons à M. de Bannière, tu as donc la cruauté de rire de sa déclaration?

— En rire! certes non, je lui ai exprimé ma profonde indignation, et lui ai intimé l'ordre de ne plus remettre les pieds chez moi.

— Décidément, Élise, rien n'égale ton inexpérience : tu te plains de la froideur de ton mari, un moyen infaillible de le ramener à tes pieds plus épris que jamais, se présente à toi, et tu le rejettes avec indignation.

— Je ne te comprends pas : de quel moyen parles-tu?

— Mais il est bien simple, ce moyen, et fort connu du reste ; de Bannière est un charmant garçon ; il t'adore. Au lieu de le mettre à la porte et de te fâcher, sois un tout petit peu coquette avec lui ; ton mari croira qu'il ne t'est pas indifférent ; il deviendra jaloux, la jalousie réveillera son amour, et tu le reverras à tes pieds plus épris que jamais.

— Laisser croire à ce monsieur que j'accueille avec plaisir ses sentiments, lui donner un espoir !... Ah ! ce serait indigne d'une honnête femme, et je suis honnête... Accepter même les apparences de la femme coupable ! Jamais, non jamais !... Si Charles ne m'aime plus, il est au moins forcé de m'estimer toujours ; et tu veux que j'aille m'exposer à perdre cette estime, tout ce qui me reste de lui, en jouant une détestable comédie ?

Mᵐᵉ de Marnas se levait, elle était impatientée

6

de voir que la femme qu'elle croyait pouvoir perdre facilement, par ses seuls mauvais conseils, était si rebelle.

— Allons ! allons ! dit-elle, dissimulant mal son dépit, je vois que tu as une imagination poétique portée à l'exagération... Tu parles comme la morale en action ; mais un jour viendra où tu riras de ces belles phrases que tu débites avec tant de feu aujourd'hui. Je te quitte ; j'ai une visite de digestion à faire. A bientôt, mignonne.

Et elle l'embrassa fort tendrement.

Tout en s'en allant, elle se disait : « Il faut absolument que je me venge et que je prouve à Charles que sa femme n'est pas un ange de vertu, pour qu'il expie l'injure qu'il m'a faite l'autre jour... Mais comment faire ? Cette petite sotte s'est fourré dans la tête de rester l'honnêteté même ; les bêtes sont têtues... »

Tout à coup, une lueur brilla dans ses yeux, un sourire diabolique glissa sur ses lèvres... Elle venait de trouver... un moyen infernal, mais par cela même il lui plaisait... L'esprit du mal avait animé cette créature !

Elise se disait :

— Quel langage m'a donc tenu Alix ? Et moi qui la croyais l'honneur même... Charles avait raison, c'est une femme dangereuse... et sans rien brusquer, je la verrai le moins possible, jusqu'au moment où une occasion se présentera de rompre tout à fait avec elle.

V

— Mon cher de Bannière, c'est moi, c'est bien moi qui viens vous surprendre ainsi de bon matin. Faire une visite à un jeune homme, c'est peu correct ; mais vous m'en garderez le secret, et comme le scandale double la faute, la mienne sera simplifiée par le mystère.

Ainsi parlait Mme de Marnas en se présentant chez de Bannière deux jours après sa dernière visite à Mme de Bray.

Très intrigué du pourquoi de cette visite, le

6.

jeune homme lui baisa la main fort galamment,
et il l'introduisit dans une pièce meublée avec
luxe, servant tout à la fois de bibliothèque, de
cabinet de travail et de boudoir. Un joli bureau
en boule était dans un coin tout ouvert, des lettres, des billets, s'étalaient dessus dans un beau
désordre. D'un autre coin, on avait fait un
buono retiro : une causeuse, des petites chaises
basses, une table supportant une jardinière et
des albums, de moelleux coussins jetés à profu-
sion, tout y était arrangé avec art pour le
confortable qui vient ajouter au charme de la
conversation. Assis mal à l'aise, le plus bel esprit du monde finit par devenir bête ; l'installa-
tion d'un salon, la forme des fauteuils, leur ar-
rangement, tout cela a une immense influence
sur l'esprit et la verve des visiteurs : mal assis,
ils restent peu de minutes, ils disent quelques
phrases banales et se sauvent ; assis conforta-

blement dans un coin arrangé avec intelligence,
ils se trouvent à l'aise, sont de bonne humeur,
ils prolongent leur visite, ils ont de l'esprit, et
ils vous en savent gré.

De Bannière, qui était un garçon d'esprit, recevait dans son salon meublé avec cette recti-
tude bourgeoise, les visiteurs qui l'ennuyaient,
mais ceux qu'il désirait retenir, il les amenait
dans son *buono retiro*. C'est là qu'il fit asseoir
Mme de Marnas. Étonné de sa visite, il en
était enchanté et il avait un petit air triomphant. Alix était fine, elle lisait assez
couramment dans le cœur humain, elle en
avait acquis l'expérience par une grande pra-
tique...

— Mon cher, lui dit-elle d'un air moqueur,
vous vous trompez, mais du tout au tout...

Et comme il allait l'interrompre :

— Écoutez-moi, je tiens à vous prouver

que je lis, mais à livre ouvert, dans votre
cœur... Vous vous dites, j'ai fait la cour à
Mme de Marnas, je lui ai écrit de fort jolis
billets, elle s'est ri de mes déclarations verbales
comme de celles où j'ai eu recours à l'éloquence
épistolaire ; mais la femme est changeante, et
voilà qu'en me voyant épris follement de son
amie, le caprice de mieux me traiter lui passe
par la tête, histoire de disputer mon cœur à son
amie ; si bien qu'elle, qui ne répondait pas un
seul mot à mes tendres poulets, vient aujour-
d'hui chez moi, avec l'intention bien arrêtée de
n'être pas trop inhumaine. Voilà exactement ce
que vous pensez, ayez la franchise de l'avouer.

De Bannière se mit à rire.

— Eh bien, contre votre attente, je serai
franc et je vous avouerai que vous avez deviné,
en vraie sorcière que vous êtes... Car, vous
êtes un peu sorcière ! votre beauté a quelque

chose d'infernal ! votre esprit est diabolique, et votre perspicacité si grande qu'on ne peut lui cacher le moindre petit recoin de son cœur.

— Franchise pour franchise, je crois comme vous que je tiens plus à l'enfer qu'au paradis, et je ne suis vraiment pas fâchée qu'on ne puisse pas dire de moi, cette phrase banale : « C'est un ange échappé du ciel ! » Mais à présent que vous savez quel n'est pas le but de ma visite, il faut que vous sachiez pourquoi je viens : Je viens vous dire : Il faut que vous partiez demain pour n'importe où, et que vous restiez six mois absent de Paris.

Alix s'attendait à une exclamation de surprise, mais le jeune homme répondit simplement :

— J'y songeais, et ne l'aurait-elle pas exigé, que j'aurais été au-devant de son désir ; j'ai été sottement stupide, je me suis conduit en vulgaire don Juan avec une femme supérieure, comme vertu et élévation de sentiment, à toutes les autres; je dois me punir et lui éviter l'ennui de me revoir, je partirai pour l'Egypte demain et j'y passerai six mois, un an peut-être.

Dites-lui bien, n'est-ce pas, que devançant son ordre je me disposais à quitter Paris, et que rien n'égale mon désespoir de lui avoir fait l'injure de la confondre avec les autres femmes.

— Vous l'aimez donc bien! dit Alix.

— Il y a trois jours, je l'aimais comme on aime toutes les jolies femmes que l'on désire, aujourd'hui je l'aime avec cette vénération que l'on a pour les saintes; je l'aime avec ce respect qu'a le fervent Indien pour l'idole devant laquelle il se prosterne, mais qu'il sait être placée tellement au-dessus de lui qu'il ne songe pas à la convoiter.

— C'est parfait, votre adoration d'un nouveau

genre flattera, je gage, malgré sa sainteté, son
amour-propre, et votre soumission à ses ordres
lui prouvera que vous êtes un esclave accompli.
Comptez sur moi pour lui faire valoir ces argu-
ments en faveur du coupable... et peut-être, plus
tard, à votre retour, la sainte descendra de son
piédestal pour tomber dans les bras d'un amoureux si parfait.

— Oh ! je n'y compte pas ; je croyais peu à la
vertu des femmes, mais Mme de Bray m'a appris
qu'il en est qui ont le cœur placé si haut, que la
vertu leur paraît douce et naturelle ; contre ces
natures-là, les don Juan en sont pour leur courte
honte.

— Mais, mon cher de Bannière, vous parlez
comme un novice dans l'art de la séduction :
toute femme est vertueuse, jusqu'au jour où elle
cesse de l'être ; vous vous êtes présenté trop
tôt et voilà tout.

— Vraiment, madame, vous avez une bien triste opinion des femmes ; permettez-moi d'en avoir une meilleure et de croire qu'il en est qui sont vertueuses par nature et non par accident, et celles-là sont inaccessibles à toute tentation, le sentiment de représailles leur paraît même une monstruosité. Donc, je pars, et presque heureux, car si mon amour-propre a subi un échec, mon cœur est satisfait d'avoir découvert une vraiment honnête femme ; ma passion cherchera un autre objet moins purement beau, et ma vénération se portera vers cette douce et chaste Élise.

— Allons, tout est pour le mieux, ma mission diplomatique a été facile grâce à ces nobles sentiments, j'emporte donc votre parole que dès demain vous fuyez ce froid Paris pour le ciel splendide de l'Egypte?

— Oui, madame, demain je quitte Paris, et

après-demain je serai bercé par les flots bleus de la Méditerranée.

Mᵐᵉ de Marnas se leva.

— Voudriez-vous donner l'ordre que l'on fasse entrer ma voiture sous le vestibule, pour que je puisse m'enfuir de chez vous sans crainte d'être aperçue par quelques indiscrets ?

Le jeune homme sortit du salon pour aller donner cet ordre à son valet de chambre.

Alix, prestement, s'avança vers le bureau ouvert ; elle fureta un instant, puis s'empara de deux feuilles de papier aux armes de de Bannière et elle les glissa dans sa poche en y joignant une enveloppe.

Cinq minutes après elle remontait dans sa voiture et elle allait s'enfermer chez elle. Assise devant son bureau elle rechercha les anciens billets doux que lui avait adressés dans le temps de Bannière, et avec une patience et une adresse merveilleuses elle contrefit son écriture et elle écrivit un billet sur une des feuilles de papier qu'elle lui avait prises.

Nous allons voir ce qu'elle écrivait, et dans quel but elle l'écrivait.

VI

Victor de Bannière avait quitté la France le jour même, et pour éviter tous commentaires et toutes questions, il n'avait parlé à personne de son voyage.

— Gardez mes lettres jusqu'à ce que je vous fasse connaître mon adresse, avait-il dit à son concierge.

Mme de Marnas savait cela ; elle arriva chez Mme de Bray. Après l'avoir embrassée avec effusion, elle lui dit :

— Ton mari est dans la rue, je viens de l'a-
percevoir causant avec cette gazette vivante, le
comte de Pornic ; il va monter, sans doute ; aussi
je m'empresse de m'acquitter d'une commission
que je ne pourrais faire devant lui.

— Une commission mystérieuse ! et de qui
donc ?

— Tu ne devines pas ?

— Non, ma chère Alix, je ne soupçonne même
pas ce que cela peut être.

— Vous êtes une petite dissimulée, ma toute
belle Elise, et c'est très mal d'avoir aussi peu
de confiance en moi, qui suis votre meilleure
amie.

— Mais tu parles par énigmes ; je te jure que
je ne me doute nullement de quoi il s'agit, et
qu'ensuite je n'ai pas le moindre secret.

— Eh bien, c'est un beau jeune homme qui
m'a donné une lettre pour toi.

— Un jeune homme ! une lettre !...

— Et il se nomme Victor de Bannière.

A ce nom Elise se leva vivement, et, regardant son amie avec un air presque sévère, elle lui dit :

— Tu ne parles pas sérieusement, n'est-ce pas? car j'espère bien que si ce monsieur avait eu l'audace de m'écrire, tu ne te serais pas chargée de sa lettre.

Alix ne se troubla pas; elle sourit en répondant :

— Tu es vive, Elise; mais avant de t'emporter, il faut au moins connaître le contenu de la lettre.

— Quel que soit son contenu, il ne convient pas que je reçoive une lettre de ce monsieur, et tu as eu tort de t'en charger.

— Laisse-moi t'expliquer, ma mignonne, comment il se fait que j'ai accepté la mission de

te la remettre ; tu me gronderas après s'il y a
lieu : l'autre jour, il est venu me voir ; il était
tout triste et repentant ; il m'a dit : Dans un
moment de fol égarement, j'ai offensé une femme
que j'estime et que je respecte comme j'estime
et respecte ma mère, pour qui je donnerais ma
vie avec joie ; malgré moi je me suis laissé en-
traîner à lui faire l'aveu d'un amour que, depuis
trois ans, je refoulais dans mon cœur; cette passion coupable l'a froissée ; ma vue désormais
lui serait odieuse. Je vais m'éloigner, je pars
pour un très long voyage ; mais, avant de m'exi-
ler, je veux lui exprimer mes regrets, lui donner l'assurance de mon respect, et obtenir mon
pardon. Veuillez lui remettre cette lettre.

Mme de Marnas sortit une lettre de sa poche;
Elise ne tendit point la main pour la prendre,
et elle dit à son amie :

—Il eût mieux valu ne pas t'en charger et lui

dire que tu ferais sa commission de vive voix.

Mme de Marhas eut un violent mouvement d'impatience, et frappant le sol de son pied mignon et nerveux, elle riposta avec une certaine aigreur :

— Ma chère, ceci est plus que de la cruauté. Eh quoi! cet homme s'éloigne, il te demande humblement pardon d'une faute qui, après tout, n'a rien que de très flatteur pour toi, et tu ne veux pas même lui accorder la grâce de lire ses regrets respectueusement exprimés ! Vraiment la vertu la plus farouche se montrerait moins exagérée, et cela froisse même les préceptes de charité chrétienne.

— Eh bien, donne-moi cette lettre, dit Elise, mais je conterai tout à mon mari, et c'est lui qui la lira.

— Oh ! c'est parfait, s'écria Alix, tu vas for-

cer M. de Bray de courir après de Bannière
pour se couper la gorge avec lui.

Elise eut un frisson.

— Ah ! c'est vrai, dit-elle, je ne songeais pas
à cela.

Dans le même instant on entendit la voix de
Charles dans l'antichambre.

Mme de Marnas tendit vivement la lettre à
Elise en lui disant :

— Cache-la, et surtout pas d'enfantillage,
songe qu'un duel serait inévitable...

La jeune femme prit la lettre, et toute troublée par la peur qu'évoquait en elle ce mot duel,
d'un mouvement irréfléchi elle cacha cette ma-
lencontreuse lettre dans son corsage.

Alix lui jeta un regard d'ironie triomphante,
un sourire diabolique se joua sur ses lèvres.
Elise ne vit rien, ne pressentit rien. Pauvre enfant ! elle n'était pas de force à lutter avec ce

génie infernal qui s'appelait Mme de Marnas.

Charles de Bray entra, il avait l'air gai et fort content de lui-même ; sans doute, il se disait : Voilà deux jolies femmes qui, toutes deux, m'adorent, qui, toutes deux, m'appartiennent.

Il baisa galamment la main de Mme de Marnas, déposa un baiser presque affectueux sur le front d'Elise, et il s'assit gaiement entre les deux jeunes femmes.

— Quelle nouvelle vous confiait dans le tuyau de l'oreille ce grand cancannier de comte de Pornic ? demanda Mme de Marnas.

— Il me racontait une histoire non encore éditée, répondit de Bray en souriant.

— Il s'en fait l'éditeur responsable, et il la lance, dit Elise.

— Oh ! il s'y entend à merveille, il a pour cela le génie du Barnum américain ; mais vite, contez-nous la, dit Alix.

7.

— Vous savez, commença de Bray, qu'il y avait l'autre jour un grand bal chez le duc de Torbusco ; tout Paris était là ; mais avant, il faut que vous sachiez...

— Quel narrateur amusant vous faites ; vous vous embrouillez dès le commencement dans une digression, dit Mme de Marnas en riant.

— Chacun son métier, madame, je ne suis ni romancier, ni conférencier, et encore moins orateur. Soyez indulgentes, mesdames. Vous saurez donc qu'à son retour de Russie, le duc de Montléry s'est vanté d'avoir été fort avant dans les bonnes grâces de cette suave, vaporeuse et enchanteresse, la...

— Oh ! faites-nous grâce des superlatifs, monsieur...

— Enfin de la plus belle femme de toutes les Russies, Mme la princesse Osbonoff.

— Les superlatifs n'étaient pas inutiles, car

cette dame est bien belle, fit observer Elise.

— Belle et blonde, riposta Alix, et c'est sans doute pour cela que vous la trouvez si belle.

Alix fixait ses grands yeux noirs sur ceux de de Bray, qui rougit légèrement; puis, voyant le piége, il répondit :

— Si j'étais peintre, madame, je ferais la Vénus brune et la Vierge blonde.

Ce fut au tour d'Alix de rougir, de dépit ou de plaisir, nul ne le sait.

— Mais vous me reprochez mes digressions et vous m'y faites tomber à plaisir; voyons, soyez bonnes et laissez-moi achever de vous conter mon histoire. J'avais oublié de vous dire que c'était un bal travesti, Mme Osbonoff portait un ravissant domino bleu, soudain elle croit reconnaître le duc de Montléry, caché sous un domino jaune d'or; elle s'avance, prend son bras et lui dit :

— Cette fête est aussi brillante que celle que vous nous avez donnée à Pétersbourg.

Ce n'était pas le duc, mais bien Sabarange, qui, reconnaissant sous ce domino la belle princesse, et enchanté de l'occasion de s'assurer si Montléry ne s'était pas vanté, la laisse dans son erreur et répond :

— Elle me paraît charmante, parce que vous y êtes, princesse.

Puis, se penchant à son oreille, il lui murmura cette phrase :

— Que je suis heureux que vous ne m'ayez pas oublié ; pour moi, croyez-le, le souvenir de notre amour ne s'effacera jamais de ma mémoire, et mon cœur, comme alors, est tout à vous.

— Notre amour, que me dites-vous là, monsieur le duc ? Vous me prenez pour une autre, sans doute, et je suis trop discrète pour ne pas vous avertir.

— Non, certes, je ne me trompe pas, princesse ; auriez-vous oublié nos délicieux rendez-vous ?

— Vous êtes un impertinent, monsieur le duc, et quoique le masque autorise une certaine légèreté de langage, je ne souffrirai pas une plaisanterie d'un goût aussi douteux.

Sabarange profita d'une petite cohue pour quitter la princesse, peu désireux de lui expliquer le motif de sa supercherie, mais il était fixé sur la prétendue bonne fortune du duc ; il a raconté l'histoire au Jockey, et depuis ce moment on monte une vraie scie au malheureux Montléry, en lui répétant à chaque instant le proverbe : « A beau mentir qui vient de loin. »

— Comment un homme du monde comme le duc peut-il flétrir la réputation d'une femme, et se vanter d'une chose fausse ? C'est une lâcheté, dit Elise.

— Ah! la discrétion, ma chère, n'est pas le
fort des hommes, et ils ne trouvent rien de plus
spirituel, lorsqu'ils ont échoué auprès d'une
femme, que de se vanter du contraire.

— Madame, vous nous calomniez, s'empressa
de dire Charles de Bray, et croyez qu'il en est de
discrets.

— Oui, oui, ceux qui y sont forcés dans leur
propre intérêt, répondit Alix; et comme
elle se levait, pour prendre congé, Charles
s'écria :

— Mais non, vous ne pouvez partir encore,
car mon histoire a une contre-partie.

— Alors, c'est différent; je me rassieds.

— Figurez-vous que la petite comtesse de
Rosa a fait, elle, une confusion bien plus terrible ; elle a cru reconnaître de Malvo, le dernier pour qui son cœur soupira, et elle lui dit
tout bas : « Sois en voiture demain devant la

TTrinité, j'aurai mon après-midi libre, nous iïrons dans ton pied-à-terre. »

Le jeune homme, à qui elle s'adressait, lui rcépondit d'un air moqueur :

— Ne vous trompez-vous pas, belle Marie, et eest-ce bien à moi que ce discours s'adresse?

Et ce disant, il se démasqua.

Tableau... c'était de Lincent, l'avant-dernier aamoureux.

— Voilà une méprise vraiment désagréable, eet je vois d'ici la figure de la petite comtesse, qqui a dû jurer à Lincent qu'elle ne le quittait qque pour retourner dans les délices de l'amour ppur et conjugal, car elle a le travers de vouloir ffaire croire à ses vertueux remords, alors que lľinconstance seule est son mobile.

Elise avait écouté l'histoire de son mari et la rcéflexion de son amie d'un air assez froid; puis sľadressant à tous les deux, elle leur dit :

— Vous avez tort de répéter et de croire des calomnies pareilles. La comtesse de Rosa est, je gage, une fort honnête femme ; du reste, si comme vous l'insinuez, elle avait eu deux amants, ce serait une femme perdue, et il me semble que les familles honorables ne la recevraient plus ; tandis qu'elle est fêtée dans tous les salons.

— On peut avoir un amant sans être une femme perdue, répliqua Alix vivement.

— Cela me paraît difficile, répondit Elise avec calme.

— Eh bien, soit ! ma chère, toute femme qui a eu un amant est une femme perdue ; mais conviens au moins que celle qui n'est pas hypocrite et ne dissimule pas sa faute sous un air de sainte, vaut encore mieux, ou, si tu préfères, est moins condamnable.

Mme de Marnas, tout en faisant cette réplique

avec autant de vivacité que d'aigreur, se leva;
elle tendit la main à Elise en lui disant :

— Adieu, belle sainte, que Dieu te garde !

De Bray comprit qu'elle était froissée, ayant
peut-être soupçonné une allusion directe dans
les paroles d'Elise ; il la suivit dans l'antichambre, et, arrivé sur la porte, il lui dit tout bas :

— Ame de mon âme, je t'aime mille fois plus
que toutes les saintes du paradis ! et il porta sa
main à ses lèvres.

Alix la dégagea brusquement en lui lançant
comme adieu ces mots soulignés :

— Surtout, mon cher, n'ayez pas l'indiscrétion
de palper le corsage de sainte Elise, car vous y
trouveriez peut-être certain petit billet qui vous
apprendrait ce qu'il vaut mieux que vous igno-
riez...

— Que voulez-vous dire? s'écria de Bray;
mais elle avait déjà disparu dans l'escalier. Il

rentra dans le salon, fort préoccupé et cherchant le sens de cette phrase, et à la dérobée il jetait un coup d'œil sur le corsage de sa femme.

La pensée qu'Elise pût le tromper et entretenir une correspondance amoureuse lui paraissait une chose tout-à-fait invraisemblable, et cependant il se disait : Alix a cédé à un mouvement d'humeur : elle a pu trahir un secret; mais calomnier, c'est impossible.

Tout en faisant ces réflexions, son front s'assombrissait; il se croyait, certes, tous les droits possibles de négliger sa femme, de lui être infidèle ; mais à la seule pensée qu'elle était infidèle, elle aussi, son sang bouillonnait de colère.

— A quoi penses-tu donc, Charles ? te voilà tout soucieux, lui dit sa jeune femme en s'approchant de lui.

— Je ne pense à rien, dit-il d'un air maussade.

— Tu vas passer ta soirée avec moi, n'est-ce pas, Charles? Il y a si longtemps, méchant, que tu ne me tiens plus compagnie, que je vais être toute heureuse de rester là, au coin du feu, à causer avec toi.

— Non, je ne puis rester, je suis invité à dîner à l'Union par le comte de Pornic...

Charles mentait, mais il voulait aller chez Alix lui demander l'explication de cette phrase.

— Comment! tu es encore invité; mais ce n'est pas bien, mon ami, de me laisser ainsi dîner seule tous les soirs..... Un dîner en tête-à-tête avec soi-même, surtout lorsqu'on a le cœur gros de tristesse, ce n'est pas gai, je te le jure.

Charles avait les nerfs irrités, cette insinuation l'avait bouleversé; il n'y croyait pas, et pourtant il aurait voulu s'assurer qu'il avait raison de douter; mais le respect humain, tout le passé d'Elise le gênaient, pour lui demander brusquement à vérifier l'exactitude du dire d'Alix. Il comprenait qu'innocente, elle serait blessée mortellement d'un soupçon injurieux. Enfin il prit un parti, celui d'avoir recours à la ruse.

— Allons, allons, pas de reproches, je resterai, puisque cela te fait tant de plaisir, dit-il, en s'efforçant de reprendre un peu de calme.

Élise sauta de joie, et l'embrassa affectueusement. Il s'assit, la fit asseoir près de lui, sur une causeuse ; puis, fixant ses yeux sur les siens il lui dit :

— Que penserais-tu, mon amie, d'une femme qui reprocherait constamment à son mari sa froideur, lui ferait un crime de ses plus courtes absences du toit conjugal, qui feindrait enfin, l'amour le plus profond, accompagné d'un peu de jalousie, et tout cela dans le seul but de

mieux endormir sa sotte confiance et de pouvoir le tromper sans danger ?

Elise regarda son mari avec un étonnement
qui n'avait rien de forcé.

—Mais je dirais que cette femme est une abominable hypocrite, et que l'hypocrisie est le
triste apanage des âmes viles et basses. Mais
pourquoi cette question, Charles?

— Je vais te l'expliquer ; mais, avant, permets-moi encore une question :

— Que dirais-tu de cette même femme, si
surprise par son mari dans la lecture d'une lettre
d'amour, tout en cachant le poulet, elle se mettait, mais bien sentimentalement, à lui reprocher de ne plus l'aimer assez, de la délaisser?

— Que pourrais-je dire? sinon que cette
femme est une créature méprisable, et que la
femme qui a eu la coupable faiblesse de trahir
ses devoirs ferait mieux d'avouer tout à son

mari, que de s'avilir encore davantage en jouant une détestable comédie.

— Bravo, Elise, nous avons absolument la même manière de voir en cela.

— Mais, me diras-tu, Charles, pourquoi tu me demandes cela, connaissant fort bien mes sentiments sur l'honneur et la vertu de la femme ?

— Voici pourquoi, ma chère, c'est une troisième histoire que je vais te conter. Un de mes amis a une femme qui paraît l'adorer; elle est douce, modeste, point coquette, elle a une réputation sans tache, et son mari a en elle une confiance illimitée; mais voilà que, l'autre jour, il rentre chez lui, sa femme le reçoit comme à l'ordinaire, avec un doux sourire, un regard plein d'amour, et elle lui reproche d'un air tendre d'être froid, indifférent pour elle, de la laisser seule trop souvent. Mon ami veut obtenir son pardon. Il prend sa femme par la taille pour l'embrasser. (Tout en parlant, Charles prend aussi Elise par la taille.) Mais voilà que, sous sa main, l'étoffe du corsage produit un léger craquement, comme s'il recélait un amoureux billet!

Charles palpait le corsage d'Elise, qui s'y prêtait de bonne grâce, mais tout à coup elle songea à cette maudite lettre qu'elle avait complétement oubliée, et, se rappelant la phrase d'Alix : Il devrait se battre en duel; elle devint toute pâle et essaya de se dégager... Mais Charles la retint, et, continuant de palper, il dit :

— Oui, l'étoffe produisit un léger craquement!... tenez, comme celui-là, madame.

Son regard devint étincelant de colère, car il avait entendu un froissement dénonçant la présence d'un papier.

Elise fit un effort, se dégagea et se leva ; la

tête lui tournait, elle ne savait que dire pour se
disculper. Mais songeant aux chances terribles
d'un duel, elle se disait : j'aime mieux encore
qu'il me soupçonne.

Charles se leva aussi.

— Vous avez un billet dans votre corsage,
madame !

— Non, ce n'est pas un billet, fit Elise toute
tremblante.

— Qu'est-ce donc ?

— C'est..., c'est une note de ma couturière.

La pauvre enfant ne savait pas mentir.

— Ah ! vous placez sur votre cœur les notes
de vos fournisseurs. Eh bien ! donnez-la-moi.
Ce genre de billets doux regarde les maris.

— Non, plus tard ; je ne l'ai pas examinée
encore...

Charles ne pouvait plus se contraindre, la
colère lui faisait vibrer la voix.

— Allons, madame, assez de fausses défaites ; j'exige que vous me donniez ce billet, à l'instant même.

L'âme pure d'Elise se révolta. Relevant fièrement la tête et regardant son mari en face, elle lui dit :

— Me soupçonneriez-vous, Charles ?

— Dieu m'en garde ! répondit-il d'une voix mordante et ironique ; mais, à l'instant, donnez-moi ce billet, ou je l'arrache de votre corsage.

Elise, résolûment, sortit la fameuse lettre, et elle la tendit à son mari, d'un air triomphant, car elle se disait :

— Il va voir combien il avait tort d'oser me soupçonner.

Il prit la lettre, et tout en l'ouvrant et en reconnaissant les armes et l'écriture de Victor de Bannière, il murmura entre ses dents :

— Une lettre de lui ! lui, mon meilleur ami !...

8

Puis il la lut à haute voix :

« Ma bien-aimée Elise, l'aveu de votre amou
» me rend fou de bonheur ! Merci ! ma vie en
» tière vous appartient ; votre amour est pro
» fond, me dites-vous, le mien est sans limites
» je suis votre esclave, votre amant, je suis
» vous ; vous me dites de m'éloigner pour u
» temps, je pars, emportant le souvenir du der
» nier baiser reçu et l'espoir de vous revoir.

» Adieu ! non, à revoir, âme de mon âme ! é
» à vous pour toujours.

» VICTOR DE BANNIÈRE. »

En entendant la lecture de ce billet, Elis
tomba sur un fauteuil ; le saisissement fut im
mense, elle sentit qu'elle était le jouet d'une i-
fernale machination, et qu'elle allait être broye
comme un faible roseau par cette force diab-
lique.

Charles de Bray était livide de colère. Choe

curieuse, illogique peut-être, mais très réelle ; le mari, aimant, honnête et fidèle époux, souffre cruellement s'il est trompé, mais le plus souvent il se montre miséricordieux, il s'accuse lui-même : J'ai été imprudent, je ne l'ai pas assez prévenue des dangers de la vie, je n'ai pas assez veillé sur son honneur ; c'est peut-être ma faute si elle a failli, se dit-il. Puis il songe à la faiblesse humaine, aux périls de tous genres semés sur les pas de la jeune femme, et il devient un juge indulgent.

Mais le mari coupable, celui qui, non-seulement a trahi la foi jurée, mais qui a délaissé sa femme et l'a laissée imprudemment exposée à tous les dangers qui naissent de l'abandon, de l'amour-propre froissé et de l'isolement, celui-là est implacable. A quoi cela tient-il ? Peut-être au sentiment pénible de comprendre qu'il est responsable de la faute. Or, ce remords lui est

désagréable, il l'irrite, et il essaye de se dissimuler sa propre faute en augmentant encore
celle de la femme ; il croit échapper à sa part
de châtiment en rendant terrible celui de la
femme.

Charles de Bray se retourna vers Elise.

— Vous vous taisez, madame ; vous avez raison, votre conduite est trop odieuse pour que
vous puissiez même essayer de vous justifier.
Vous l'avez dit tantôt : l'hypocrisie est l'apanage
des âmes viles.

La jeune femme, essayant de maîtriser l'émotion poignante qui lui ôtait la voix, se souleva
en disant :

— Ah ! ne me parlez pas ainsi, Charles, vous
me tuez ; est-ce possible que vous me croyiez
coupable ?

— Oseriez-vous nier, après cette lettre ?

— Cette lettre ! mais je n'y comprends rien

moi-même ; c'est une affreuse machination.
Laissez-moi vous expliquer tout, et...

— Allons, allons, madame, jetez le masque;
le mensonge ajoute à l'odieux du crime.

— Mais, de grâce, fit Elise d'une voix brisée,
laissez-moi vous expliquer ; j'ignorais le contenu de cette lettre, Mme de Marnas vient de me
la remettre à l'instant, et....

— Taisez-vous! s'écria avec violence de Bray;
je vous défends de prononcer le nom de cette
dame. Je ne souffrirai pas que vous essayiez de
la mêler à votre intrigue; car elle, au moins,
est franche et loyale.

— Mais je vous jure, Charles, qu'elle m'a
forcée...

— Encore! Tenez, taisez-vous, ou je ne ré-
ponds plus de moi. Vous me faites horreur.
Joindre tant de perfidie à tant d'audace, à votre
âge cela prouve une nature profondément per-

8.

vertie ; cessez cette comédie, vous ne m'en im-
poserez pas plus longtemps. Demain, mon notaire viendra vous faire connaître mes volontés.
Je veux bien ne pas vous traîner devant les
tribunaux et rendre publique votre inconduite,
mais je vous avertis que vous serez surveillée.
Ne songez donc pas à fuir avec votre amant ;
car, alors, c'est dans un couvent que je vous
enfermerais !

Peindre le désespoir d'Elise est impossible,
elle se sentait mourir, tout son sang affluait à
son cœur, elle écoutait sans comprendre ,
comme lorsqu'on est le jouet d'un épouvantable
cauchemar. Pourtant, lorsqu'elle vit Charles
prendre son chapeau et s'apprêter à sortir, elle
se leva, et, s'emparant de la main de son
mari, elle se laissa tomber à ses genoux.

— Je suis innocente, écoutez-moi, Charles,
par pitié...

Il la repoussa brusquement en lui disant :

— Laissez-moi, vous ne sauriez croire combien votre comédie m'est odieuse, et il voulut sortir ; mais elle se crampona à lui en sanglottant et en s'écriant :

— Mais, je t'aime !... mais je t'ai toujours aimé !... mais...

Charles ne jeta sur elle qu'un froid regard de mépris.

— Et pour votre amant, quel genre de sentiment avez-vous donc ?

Après lui avoir lancé cette dernière injure sanglante à la figure, il la repoussa brutalement et il quitta le salon.

Élise retomba lourdement, inanimée, sur le parquet.

VII

Le lendemain, Mme de Marnas se promenait
de long en large dans sa chambre; elle était
agitée, mais paraissait triomphante. Enfin! se
disait-elle, l'idole est tombée de son piédestal!
Je suis vengée! Elle est déshonorée, perdue!...

Sa pureté angélique ne se placera plus comme
un tiers importun dans le cœur de Charles.

Mais est-ce assez?...

Ma vengeance est-elle complète?...

Que serai-je, moi? La maîtresse de M. de

Bray. Sa maîtresse! tout comme pourrait l'être
la plus vulgaire jolie fille!

Je roulerai plus vivement encore dans l'abîme
de la déconsidération...

Ensuite, de Bannière reviendra d'Egypte, et
alors Mme de Marnas tressaillit à cette pensée..
Elle se laissa tomber sur un fauteuil, la tête
dans ses deux mains; elle resta pensive puis,
soudain, elle se leva, se mit à marcher à grands
pas. Oui, il reviendra... il parlera, il prouvera
que sa prétendue lettre n'était qu'un faux... A
mon tour, je serai perdue... Charles me mépri-
sera...Tandis qu'Élise disparue je retiens Charles
à l'étranger, je l'empêche de revoir de Bannière..
Oh! reprit-elle avec feu, cela ne sera pas... Jadis elle m'a volé son cœur... je l'ai reconquis et
je le garderai. Il faut qu'une de nous deux soit
sacrifiée, et ce ne sera pas moi. Reculer serait
insensé... je serai sa femme...

Elle agita violemment le cordon de sa son-
nnette; sa femme de chambre arriva effarée.

— Pierre, le domestique de M. de Bray est-il
là?

— Oui, madame, il m'a dit que madame lui
aavait donné l'ordre de venir.

— C'est bien, faites-le entrer. Ce Pierre,
nmurmura Mme de Marnas, me fait l'effet d'adorer
l'l'argent; celui qui est pris de cette soif ne recule
ddevant rien pour la satisfaire. Je crois que c'est
lla créature qu'il me faut.

Pierre entra, il se courba bien bas devant la
ssouveraine de son maître, et, son chapeau à la
nmain, il attendit respectueusement ses ordres.
lElle le considéra un instant, le fixa attentive-
rment, comme si elle essayait de lire dans son
ôâme pour s'assurer du degré de corruption
cqu'elle y trouverait; puis elle lui dit :

— Que se passe-t-il là bas, Pierre?

— Monsieur est sorti, annonçant qu'il ne ren-
trerait pas de la journée; Rose l'a vainement
supplié d'entrer chez madame, il a refusé; et,
cependant, Rose ne lui a pas dissimulé combien
le docteur trouvait son état grave. « Allons donc,
a-t-il dit, tout cela n'est qu'une comédie, » et il
est parti.

— Est-elle réellement très malade?

— Oui, madame, et le docteur la trouve si
mal qu'il craint...

Pierre s'arrêta, hésitant.

— Qu'il craint pour sa vie? s'écria vivement
Mme de Marnas, laissant voir toute sa joie.

— Non, pas pour sa vie, mais pour sa râison.
Elle a passé une nuit terrible; elle avait un délire affreux. Rose, le docteur et moi, nous avons
eu bien de la peine à l'empêcher de se tuer...
Elle se tordait les mains, elle sanglotait que
c'était à faire pitié, et elle divaguait.

Mme de Marnas n'écoutait plus Pierre :

— Folle, folle, se disait-elle avec rage. Encore un moyen de se poser en victime... Elle deviendra intéressante, tandis que moi... je deviendrai un bourreau. Allons, il faut en finir...

Elle revint se placer devant Pierre, et, le regardant bien en face, elle lui dit, d'un air tout à fait déterminé, et en scandant les mots :

— Pierre, répondez-moi franchement. *Aimez-vous l'argent ?*

— Si je l'aime ! s'écria Pierre avec un bon gros rire bien franc, mais il n'y a que cela de réel dans la vie, mais l'argent conduit à tout, même aux honneurs et à la considération. On est toujours un honnête homme lorsqu'on a beaucoup d'argent ; celui qui a dit que l'argent ne fait pas le bonheur était un rude imbécile... Tenez, moi qui vous parle, madame, lorsque j'aurai amassé quelques économies, j'irai dans mon village, je

serai propriétaire... Oh! que ce doit être bon
d'être propriétaire! Je deviendrai adjoint! mar-
guillier! maire, peut-être, qui sait? un propriétaire peut prétendre à tout.

Cette aimable perspective avait rendu Pierre
fort joyeux, ses yeux brillaient de plaisir.

Alix l'examinait en souriant : Je ne me suis
pas trompée, pensait-elle, il aime bien l'argent.

— Eh bien! si l'on vous donnait quinze mille
francs, cela vous suffirait-il pour vous permettre
de réaliser votre rêve?

— Quinze mille francs! s'écria Pierre, mais
je n'ai jamais osé rêver à une somme pareille!
Quinze mille francs, joints aux petites économies
que je possède et que la générosité de madame
a bien augmentées, cela me rendrait le plus
gros bonnet de mon village... O l'argent! il a
un prestige sans-pareil à mes yeux.

— Très bien! Pierre, cette franchise vous

honoré. Et dites-moi... vous n'êtes pas sans doute par trop scrupuleux?

— Oh! comme ça! pas trop; madame doit comprendre qu'après dix ans de service la con-science devient, comme dit Mlle Rose, un tant soit peu élastique.

— Mieux encore. Allons, peut-être nous pourrons nous entendre... Tout en disant cela, Mme de Marnas alla à son secrétaire, l'ouvrit et prit dans un petit tiroir de gauche une liasse de billets de banque.

Pierre la regardait faire, et il se disait : En voilà une qui peut se vanter de manquer de scrupules! Quelle femme! je n'en ai pas encore rencontré une aussi forte.

Alix revint vers lui, ses billets de banque à la main, elle se mit à les compter, un, deux, trois, quatre, cinq, six, sept, et huit dans ce paquet, cela fait bien quinze mille.

Elle en détacha trois, alla remettre les autres dans le bureau, puis elle dit à Pierre, en lui montrant les trois mille francs qu'elle tenait à la main :

— Si vous voulez faire la commission que je vais vous donner, Pierre, ces trois mille francs sont à vous dès à présent, et les douze autres mille vous appartiendront dès que vous aurez rempli votre mission.

Le valet, contre l'attente de Mme de Marnas, resta un moment silencieux. Trois mille à l'instant, douze mille après, pensait-il... Ceci cesse d'être régence, et cela me paraît avoir une petite odeur de Cour d'assises.

— Eh bien ! êtes-vous prêt ? acceptez-vous ?

Pierre donna brusquement congé à ses pensées importunes et il répondit d'un air tout à fait décidé :

— Si je suis prêt ! ordonnez, je jure de faire tout, absolument tout... Seulement, au lieu d'aller dans mon village je prendrai le premier bateau en partance pour l'Amérique.

— Ah! ah! monsieur Pierre, vous êtes trop intelligent, dit Mme de Marnas d'un air hautain; elle était froissée d'avoir été devinée.

Mais Pierre, sans s'émouvoir, lui répondit d'un petit air dégagé :

— Que voulez-vous, madame, il est de ces natures qui se devinent d'intuition. Et, sans vous offenser, nous avons l'un et l'autre de ces natures-là.

Mme de Marnas sentit son front se colorer en entendant cette impertinence; mais elle dissimula sa colère.

— C'est bien, je vais vous dire ce que vous aurez à faire.

Elle alla une seconde fois vers son bureau, elle l'ouvrit, et, enlevant le petit tiroir de droite, elle prit trois petits papiers cachés en dessous;

elle n'en garda qu'un et replaça les deux autres, remettant le tiroir pour les dissimuler.

— Bon ! j'avais deviné juste; nous voilà en pleine Cour d'assises ! se dit Pierre, et il faut avouer que la pente qui y conduit est rapide et vertigineuse...

Mme de Marnas revint auprès de lui. D'une main qui ne tremblait pas, et d'une voix assurée elle lui dit :

— Rose est auprès de votre maîtresse; mas si vous, vous ne pouvez pas l'approcher, il vous sera sans doute facile, avec un peu d'adresse, de verser cette poudre dans un breuvage préparé pour elle.

— Rien ne me sera plus aisé; c'est moi qui vais chercher les infusions à la cuisine, et qui les passe toutes préparées à Mlle Rose.

— Et... vous acceptez la commission ?

— Comment donc ? mais pour quinze mile

francs j'en verserais quinze au lieu d'un, de ces
petits paquets-là.

— Vous comprenez, n'est-ce pas, combien
cette mission exige de prudence dans son ac-
complissement, et j'espère que je puis compter
sur votre discrétion ?

Le valet se mit encore à rire de son gros
rire naïf, tout en disant :

— Comptez-y madame, elle sera ce que doit
être la discrétion d'un complice intéressé à se
taire.

Ce mot de complice ramena un éclair de colère dans les yeux de Mme de Marnas, qui, re-
prenant un ton sec et hautain lui dit :

— Vous vous permettez de singulières licen-
ces, monsieur Pierre !...

Celui-ci riposta avec aplomb; car il ne manquait pas d'aplomb, maître Pierre !

— Mon Dieu, madame, parlons net; j'aime

les positions bien tranchées, moi. Si la mission
que vous me confiez demande de l'adresse et de
la prudence, elle fait aussi assumer une lourde
part de responsabilité à celui qui s'en charge.
Nous sommes deux à agir ; vous êtes l'initiateur,
l'agent, et moi l'instrument. Pour vous, le résultat de cette poudre, bien administrée, vous
permet d'échanger une position fausse et peu
honorable contre une position régulière ; en un
mot, elle vous fait faire un riche mariage... A
moi, elle me donne les moyens d'aller tenter la
fortune dans le Nouveau-Monde. Mais si nous
échouions ! Oh alors ! vous le savez, madame,
sur certains bancs de la Cour d'assises il n'y a
plus ni maître ni valet, il y a seulement des
criminels. Nous partageons donc le gain... Acceptez que nous partagions un jour les consé-
quences de l'opération... Si le mot complice
vous déplaît, mettons associés.

Elle courbait son front orgueilleux sous cette implacable logique.

— Enfin, dit-elle avec impatience, associés ou complices... assez !.. Et que votre propre intérêt vous rende donc prudent et discret.

— Comptez-y. Je n'ai pas envie d'avoir le cou coupé.

Elle lui tendit le paquet, et, froidement, n'oubliant aucun détail :

— Vous aurez soin, fit-elle, une fois la poudre jetée dans le breuvage, de la remuer légèrement pour qu'elle ne reste pas au fond ; puis brûlez le papier qui pourrait devenir un indice accusateur.

Voici aussi les trois mille francs ; ce soir, je vous remettrai les autres douze mille. Et maintenant allez vite , tâchez d'en finir le plus tôt possible. M. de Bray dîne ici avec moi ; si vous avez pu accomplir votre commission d'ici

9.

là, revenez, vous nous servirez à table, et vous trouverez le moyen de me faire un signe, si tout a bien marché.

Pierre cacha dans sa poche le petit paquet, ainsi que l'argent, et il sortit en disant :

— Tout marchera à merveille, comptez sur moi, et soyez sans inquiétude.

Une fois seule, Mme de Marnas s'assit sur sa causeuse ; elle se sentait frissonner, non de remords, mais de crainte que la mission ne réussît pas... Je joue gros jeu, se disait-elle, mais il le faut. A quoi me servirait de l'avoir fait descendre de son piédestal, de l'avoir chassée du cœur de Charles... Si moi je roulais à mon tour dans l'abîme... et si je perdais à mon tour l'estime et l'amour de Charles ! Du reste, n'ai-je pas le droit de la haïr ? Au couvent déjà, on ne parlait que de sa beauté, de la douceur de ce petit ange, tout comme si on avait voulu exciter mon

dépit... Je fais mon entrée dans le monde... je
suis entourée d'adorateurs ; je deviens la reine
des salons. Voulant prolonger mon règne, je ne
me presse pas de choisir mon futur maître, tout
en ayant jeté mon dévolu sur le beau prince
d'Aliani... Il n'appréciera que mieux un bonheur longtemps attendu, me disais-je, et j'étais
coquette avec lui ; j'éveillais sa jalousie, ayant
l'air de lui préférer le comte de Montbrun... Soudain Elise fait son entrée dans le monde... et
me voilà détrônée par cette petite niaise à l'air
ingénue, à la figure fade. Elle apparaît et d'A-
liani en devient amoureux après avoir été mon
prétendant, après s'être affiché comme tel... Il
devient même impoli pour moi ; il m'avoue qu'il
s'était trompé en croyant m'aimer, car il adore
Elise... L'insolent ose me parler de l'amour fou
qu'il ressent pour elle... Il la demande, essuye
un refus, et il continue à l'adorer. Montbrun lui-

même va lui offrir son cœur et sa main... Enfin,
dès qu'elle se montre, elle devient un mauvais
génie pour moi, et je me vois abandonnée de
tous mes prétendants...—Je vois de Bray, je l'aime... et lui... lui... c'est encore à Elise qu'il va
offrir son cœur et sa main !

Et je n'aurais pas le droit de la haïr ! et je
n'aurais pas le droit de me venger ?... Oh ! je la
hais de toute mon âme, et ma vengeance sera
complète... Une de nous deux doit disparaître :
ce ne sera pas moi.

De Bray entra comme elle en était là de son
aparté.

Il vint s'asseoir près d'elle, et lui dit gaîment...

— J'ai vu mon banquier, tout est prêt, dans
huit jours nous serons installés sur le lac de
Côme... Le notaire ira demain faire signer
l'acte à Mme de Dray, acte par lequel elle re-

connaît son crime et s'engage à vivre à la campagne.

—Quel voyage charmant, Charles! je ne tiens plus en place ; je rêve en plein jour de ce beau ciel de l'Italie... Visiter l'Italie avec un homme aimé ! mais c'est faire une excursion en plein paradis... Quel rêve enchanteur !

Elle posa la tête sur son épaule et elle continua d'une voix émue et amoureuse :

— Tu le sais, mon Charles, j'ai passé six mois en Italie avec mon mari; mais ce que tu ignores, c'est que tu étais du voyage, toi aussi, car j'emportais ton image dans mon cœur. Aux heures où la brise devient tiède et embaumée, où un vague frémissement d'amour agite tout ce qui vit et tout ce qui respire, et où une voix mystérieuse soupire à votre oreille : il faut aimer ! C'est ton nom qui me venait aux lèvres, c'est ton nom que je redisais mille et mille fois tout bas.

De Bray écoutait cet aveu charmant avec une délicieuse émotion ; il était fier et heureux d'être aimé ainsi, et tout en déposant de tendres baisers sur ses noirs cheveux qui brûlaient sa joue, il murmurait à son oreille :

— Chère amie, que je t'aime !

— Qui m'aurait dit alors, continua-t-elle, que je ferais un jour ce voyage avec toi; toi, m'aimant? Oh ! jamais je n'avais osé espérer tant de bonheur.

— Et moi, reprit-il, je croyais tout connaître; je parlais de l'amour, de la passion : fou et niais que j'étais, je n'en conniassais pas le premier mot. C'est à présent, seulement, que je sens ce que c'est que l'amour ! Comme nous allons être heureux !...

—Oui, bien heureux, mon ami; et pourtant, te l'avouerai-je, une douleur, presque un remords se mêle à ma joie en songeant à cette malheureuse Elise...

— Ah ! de grâce, Alix, ne me parlez plus de cette femme ; je veux oublier même qu'elle a existé. Tant d'astuce et tant de perfidie !... c'est révoltant.

Mme de Marnas prit un accent ému et attendri pour dire :

— Malgré moi je la plains... Tiens, si tu pouvais savoir tout ce que j'ai fait pour te conserver le cœur ou tout au moins l'honneur de celle qui était ta femme, tu comprendrais combien je t'aime avec ardeur et abnégation. Lorsqu'elle me fit la confidence de sa passion coupable, je la priai, suppliai d'y résister :

—Eh quoi! lui dis-je, vous avez pour mari un homme beau, aimable, d'un esprit supérieur ; un homme que toute femme vous envierait et dont elle serait fière ; et vous pouvez le trahir, en aimer un autre !...

Hélas ! rien n'y a fait, ni prières, ni remontrances ; elle était entraînée trop vivement pour qu'on pût la retenir. C'est alors seulement, alors que je l'ai su coupable, que j'ai consenti à te dire : Je t'aime encore !

— Eh quoi ! s'écria de Bray, tu savais depuis longtemps qu'elle me trompait, et tu ne m'en as pas averti ?

— Pouvais-je t'avertir ? n'était-elle pas ma rivale ?

Charles, transporté par la grandeur d'âme de cette phrase, la serra dans ses bras en disant :

— Tu es la plus noble des femmes, Alix !

— Mais que je souffrais, en voyant son image entourée de cette fausse auréole de vertu se dresser toujours devant moi dans ton cœur !...

Cependant, je me disais: s'il perdait ses illusions, il souffrirait, et je me taisais et souffrais
en silence, comprenant bien que je n'avais pas
tout ton cœur.

L'autre jour, son hypocrisie a été si grande
qu'elle m'a révoltée au point de m'arracher ce
secret... Je le regrette presque, car tu as dû
souffrir en apprenant la vérité... Au prix de
tout mon bonheur j'aurais voulu t'épargner
cette amère déception.

— Quel cœur ! quelle élévation de sentiments, s'écria Charles, se mettant à genoux devant elle : Je me sens bien petit à côté de toi et
je me demande comment je pourrai me rendre
digne de posséder ton amour?

— Mais, en m'aimant toujours, lui répondit-
elle, en penchant sa tête amoureusement vers
lui.

Elise était peut-être déjà morte... peut-être le

poison fatal l'avait déjà plongée dans les dou-
leurs de l'agonie... Mme de Marnas se disait :

— Il faut que je la lui rende bien odieuse,
pour qu'il n'accorde pas même à la morte un
regret ni un souvenir !

Sa haine était si violente qu'elle s'acharnait
même à sa rivale tuée par elle ! Elle éprouvait
une jouissance âcre à ternir, ternir encore et
toujours cette pure et chaste Élise.

VIII

Une demi-heure après cette conversation,
Mme de Marnas et M. de Bray étaient joyeusement
attablés devant une petite table sur laquelle
était servi un dîner fin et exquis.

— Dînons dans ma chambre, avait dit Alix,
nous serons plus chez nous que dans cette grande
salle à manger d'où les domestiques vous guet-
tent et vous écoutent.

Il avait trouvé l'idée charmante, on les avait
servis dans la chambre. C'était un vrai dîner
d'amoureux,

Pierre entra, apportant un plat. Alix tressaillit, puis elle fixa sur lui ses grands yeux anxieux. Il avait l'air calme et satisfait, et il lui fit un petit signe qui voulait dire : C'est fait !

Elle redevint joyeuse et continua de manger de bon appétit ; le dessert servi, elle dit à Charles :

— Nous allons boire un petit verre de ce vin de Madère que tu trouves si exquis.

— Oui, c'est cela, répondit-il, nous le boirons à notre heureux voyage dans la belle Italie.

Pierre alla chercher la bouteille, il en versa deux verres, et il les offrit sur un plateau. Cette manière de faire était peu correcte, mais nos amoureux étaient bien trop sous l'ivresse de leur passion pour prendre garde à cette distraction du valet de chambre... De Bray prit le verre qu'on lui tendait, et l'avala tout d'un trait, en disant :

— A l'éternité de notre amour, mon adorée !

Mme de Marnas prit, elle aussi, le verre que Pierre avait posé devant elle, et buvant jusqu'à la dernière goutte de son contenu, elle répondit :

— Je bois à mon cher idéal enfin rencontré.

— Et conquis corps et âme, riposta de Bray.

A cet instant un domestique, ouvrant la porte, dit à haute voix :

— M. le Docteur et M. le Commissaire de police sont arrivés et ils sont à la disposition de M. de Bray.

Charles et Alix se levèrent vivement, et se regardèrent avec étonnement.

Lui se mit à rire en disant :

— Un docteur, un commissaire de police, quelle plaisanterie !...

Mais Mme de Marnas était devenue livide, elle faisait la première expérience de l'effet magique

que produit ce simple mot : police, sur celui qui
se sait criminel.

— Dites à ces messieurs que nous n'avons
que faire pour le moment de la docte faculté de
médecine, et encore moins de la police; proba-
blement ils se trompent d'étage ou de numéro.

Mais Pierre, se retournant vers le domestique qui venait d'annoncer cette singulière
visite, lui dit d'un air impérieux :

— Faites entrer !

— Que signifie ceci, Pierre? s'écria de Bray
aussi étonné que choqué de voir son domestique donner un ordre.

Pierre, sans s'émouvoir, répondit :

— Il se pourrait, monsieur, que madame eût
besoin du docteur : qu'elle en juge elle-même !

Et se tournant du côté d'Alix, il lui montra
le petit papier qui avait contenu la poudre fatale.

— C'est dans votre propre verre, que je l'ai versé !

Mme de Marnas bondit comme une vipère sur laquelle un imprudent a posé le pied.

— Misérable ! assassin ! s'écria-t-elle, l'œil enflammé, et elle voulut le saisir à la gorge, en écumant de rage.

Pierre la repoussa de la main, avec un sans-façon complet.

— Ah !... au secours ! je vais mourir. Au secours ! je vais mourir...

Tout en disant cela, elle alla se jeter sur son canapé.

De Bray restait là, debout, sans voix, pétrifié par la surprise.

— Vous le voyez, monsieur, reprit Pierre d'un air goguenard, madame commence à croire que le médecin lui sera fort utile. Quant au commissaire il a, à coup sûr, affaire ici.

— Mais, m'expliqueras-tu, misérable, ce qui se passe? et ce que tu lui as fait boire?

— M. le docteur Leroy et M. le commissaire de police, dit le domestique en ouvrant la porte à deux battants et en s'effaçant pour livrer passage aux deux visiteurs.

Pierre, s'avançant vers eux et s'inclinant respectueusement, leur dit d'une voix ferme et assurée :

— Messieurs, c'est moi qui ai pris la liberté de vous faire appeler; il est de ces moments dans la vie, où il n'y a plus ni maître ni valet, mais seulement des honnêtes gens et des criminels. — S'adressant au commissaire et lui montrant Mme de Marnas : — Madame que voilà, m'a donné tantôt trois mille francs : les voici, monsieur le commissaire, débarrassez-moi de cet argent maudit; elle m'en a promis douze autres mille. Tenez, vous les trouverez préparés, monsieur le commissaire, dans le petit tiroir à droite de ce bureau. Cet argent m'était donné à la condition que j'irais jeter un petit paquet de poudre dans un breuvage de Mme de Bray ; j'ai fait semblant d'accepter, craignant que ces quinze mille francs fissent un assassin d'un demi-coquin, mais avant d'administrer ce remède à ma pauvre et digne maîtresse, j'ai voulu connaître le genre d'effet qu'il produisait, et c'est à Mme de Marnas, elle-même, que je l'ai versé.

Alix se leva alors, les cheveux en désordre, l'air égaré.

— Pitié, docteur, ma gorge brûle!... j'ai du feu dans les veines... pitié, sauvez-moi !...

Et elle retomba affaissée sur son canapé, se tordant de douleur.

— Il paraît que la poudre n'était pas précisément inoffensive, reprit Pierre en ricanant...

Mais si, pour sauver cette femme, qui avant d'appartenir à la justice de Dieu, appartient à celle des hommes, vous avez besoin, docteur, de savoir quelle est la nature du poison, vous trouverez dans ce secrétaire, sous le petit tiroir de gauche, deux autres paquets semblables, que madame, en femme de précaution, conserve là.

Le docteur alla vers le bureau.

— Elle a la clef dans sa poche, lui dit Pierre.

Et comme le docteur la lui demandait, elle essaya de se soulever encore, en criant :

— Il ment... c'est faux !

Mais le poison agissait, une convulsion, causée par la souffrance, la fit se rouler en rugissant sur la causeuse.

Le docteur l'examina, prit son pouls et lui dit froidement :

— Si je ne vous donne pas un contre-poison, vous n'en avez pas pour une demi-heure...

Sous cette menace, qu'elle comprenait réelle, elle tendit la clef.

Charles de Bray, semblait avoir perdu toute conscience de ce qui se passait près de lui ; il s'était laissé tomber sur une chaise, et il restait là, muet, l'air hébété et inconscient.

Le docteur trouva les deux paquets en question ; ayant reconnu la nature du poison, il courut lui-même à une pharmacie pour faire préparer un contre-poison.

Pierre, s'adressant au commissaire de police, lui dit :

— Ah ! monsieur, hier, aujourd'hui, il y a deux heures à peine, j'étais un mauvais drôle, allez ! Je riais de tout, je trouvais la débauche régence, car j'escomptais les désordres de mes maîtres, en bons écus sonnants, que je plaçais sans vergogne à la Caisse d'épargne. Je portais les billets doux ; ces commissions se payent bien, et je les trouvais fort à mon goût... Je regardais par le trou des serrures ; j'épiais mes maîtres ; j'écoutais aux portes. Mais tenez, de ceci je ne puis pas trop me repentir.

Se tournant vers Charles :

— Si monsieur veut chercher dans le grand tiroir du milieu de ce bureau, il y trouvera peut-être encore les brouillons sur lesquels Mme de Marnas s'est exercée à contrefaire l'écriture de M. de Bannière, pour faire croire que cette pauvre et sainte madame était coupable.

Cette phrase eut le don de secouer la léthargie de Charles ; il se leva vivement.

— Elise serait innocente ! Cette malheureuse aurait fait un faux pour la perdre ! s'écria-t-il.

Il se mit à fouiller précipitamment dans les papiers de ce secrétaire à crimes.

— Oui, monsieur, un vrai faux, écrit par Mme de Marnas pour perdre sa rivale.

Et Pierre continua, s'adressant de nouveau
au commissaire de police :

— Oui, monsieur, je l'ai vue, à travers le trou
de la serrure, s'exercer à contrefaire une écriture, puis elle plaçait son papier sur la vitre et
elle essayait de calquer les lettres. Lorsque
monsieur a trouvé un billet dans le corsage de
sa femme, j'ai tout deviné. Eh bien! c'est honteux, n'est-ce pas? Mais j'ai ri! Oh! oui, allez,
j'étais un vilain drôle. Je me disais : Voilà une
rude femme, et qui a une imagination de roman-
cière !

— Mais, continua Pierre en s'animant, lors-
que j'ai vu Mme de Bray, une vraie sainte, monsieur, désespérée et devenir folle de douleur en
se voyant soupçonnée. Ah! alors, mon cœur s'est
révolté. Tout ce qui restait de bon en moi s'est
réveillé. Il y a de ces moments où le plus scélé-
rat redevient honnête homme; si bien que quand

10.

elle m'a froidement proposé d'aller empoisonner sa victime... vouloir la tuer ! comme si déjà
elle ne l'avait pas assez torturée! je n'y ai plus
tenu. Elle m'offrait quinze mille francs ; j'aimais
bien l'argent, je le confesse, mais commettre un
crime, oh! non, mille fois non... Tout de même,
monsieur, c'est un vilain défaut que d'aimer
l'argent, car cela peut conduire au crime... Mais
soudain j'ai vu le bagne, l'échafaud se dresser
devant moi... et puis, j'ai songé à cette pauvre
et douce victime... qui est là-bas, folle, malade,
qui crie, pleure à fendre l'âme, tandis qu'ici...
Oh ! tenez, c'est affreux !

Pierre s'arrêta, sincèrement ému ; et c'est en
pleurant qu'il ajouta :

— J'ai été vous chercher.

— C'est bien, c'est très bien, mon garçon, lui
dit le commissaire ému, lui aussi.

Le docteur revint, et il s'empressa de donner

des soins à cette malheureuse, qui se tordait dans les convulsions du poison.

— Mais, dit encore Pierre, le démon m'a tenté une dernière fois; je n'ai pu résister au désir de lui faire goûter à elle-même sa maudite drogue... J'ai eu tort, je le comprends, c'était à la justice et non à moi de la punir.

— Je vous avoue que si, comme fonctionnaire public, je ne puis pas vous approuver, je suis forcé de convenir que, comme homme, j'aurais peut-être eu la même tentation que vous, et ne sais si j'aurais eu la force d'y résister.

De Bray examinait fiévreusement les paperasses contenues dans le secrétaire. Il y trouva des billets doux adressés par de Bannière à Mme de Marnas, et enfin les brouillons du fameux billet. Il put se convaincre qu'il était bien de la main d'Alix; il comprit que le voyage en Égypte de de Bannière lui avait inspiré ce

moyen diabolique de perdre la pauvre Élise...
Se souvenant de cette scène déchirante, et des
mots cruels qu'il lui avait dit, il se sentit accablé
de honte et de désespoir ; il voyait cette femme
à laquelle il avait sacrifié Élise, se tordant de
douleur, en proie à ce poison qu'elle avait des-
tiné à sa victime ; elle lui faisait horreur. Elle
avait été faussaire, perfide et empoisonneuse,
car moralement, n'était-elle pas coupable de ce
crime ?

Et il avait aimé cette femme ! Il avait failli
devenir son complice. Son aveuglement, sa coupable faiblesse s'étaient parfaitement fait les
complices du crime.

La honte l'accablait, et le dégoût lui montait
aux lèvres.

— Oui, je suis un misérable, et je dois me
faire justice, pensa-t-il.

Profitant de ce que le docteur était occupé de

la malade, et que Pierre causait avec le commissaire, il s'empara d'un des paquets de poison, il
en versa le contenu dans un verre; mais, comme
il s'apprêtait à le porter à ses lèvres, Pierre lui
posa sa lourde main sur l'épaule.

— Monsieur, permettez-moi de vous dire que
vous allez encore commettre une mauvaise action. Vous avez mieux à faire.

—Mieux à faire ! s'écria de Bray; non, j'ai été
un fou, un idiot... un misérable; j'ai fait souffrir, j'ai outragé la plus digne et la meilleure des
femmes, et cola pour qui? Pour une empoisonneuse! Il ne me reste qu'à me faire justice à
moi-même.

— Il vous reste, monsieur, à réparer le mal
que vous avez fait, et à aller essayer de sauver
votre femme.

— La sauver ! tu dis, la sauver ! Ah ! mon
Dieu ! Elle est donc malade ?

— Si monsieur avait consenti ce matin à exé-
cuter ce que Rose lui disait, il saurait que le
docteur craint que la raison de madame ait complétement sombré dans cette horrible crise.

— Sa raison... tu dis sa raison... Elise, folle !
Ah ! mon Dieu, pitié, pitié ! le châtiment serait trop terrible pour moi... Elise, Elise... ma
douce, ma tendre Elise !

De Bray, tout en disant cela s'arrachait les
cheveux tout comme si sa raison à lui aussi
était prête à l'abandonner.

— Calmez-vous, monsieur ; mais allez vite.
Votre présence fera, j'en suis sûr, plus de bien
à la pauvre malade que tous les remèdes de la
Faculté.

Et Pierre tendait à son maître sa canne et son
chapeau.

Mais, comme il allait sortir, Mᵐᵉ de Marnas se
souleva, et, les traits décomposés, la face ver-

dâtre, l'écume sur les lèvres, elle se mit à crier :

— Charles, reste !... Charles, je meurs...
Reste... je t'en conjure, ne vas pas vers elle !...

De Bray jeta un regard de mépris écrasant sur
sa maîtresse.

— Taisez-vous, taisez-vous, malheureuse !
que Dieu vous pardonne le mal que vous avez
fait; mais moi, je n'en ai pas le courage et je
vous maudis !

Il sortit... et elle retomba sur son canapé,
hurlant de douleur et de rage.

Le poison la torturait, lui desséchait la gorge,
lui brûlait les entrailles, comme l'aurait fait
un fer rouge. Mais tout cela n'était rien à côté
du supplice moral qu'elle endurait... Elle avait
roulé dans la fange du crime, et sa victime
allait reconquérir sa brillante auréole, et l'a-
mour de Charles!... Voilà ce qui la torturait,
bien plus encore que le poison.

IX

La chambre d'Elise n'était éclairée que par la pâle clarté d'une veilleuse ; dans l'horrible crise qu'elle venait de traverser, crise où le délire de la fièvre, le délire du désespoir avaient amené des convulsions terribles et des divagations insensées, il avait été impossible de la maintenir dans son lit.

Rose l'avait enveloppée dans une chaude robe de chambre. Le physique ayant enfin vaincu le moral, elle était là dormant sur un divan ; ses

11

cheveux dénoués et en désordre, retombaient sur
ses épaules; elle était pâle, et malgré son sommeil, elle n'était pas très calme, car par moment
on aurait dit qu'un sanglot soulevait sa poitrine;
parfois elle faisait entendre des mots vides de
sens, elle délirait encore et sa figure se contrac-
tait par moments.

Pâle comme une trépassée, ses cheveux dé-
faits, ses traits crispés, elle était belle, mais
d'une beauté qui donnait le frisson, car elle
avait quelque chose de douloureux et d'égaré.

Rose, assise sur un coussin placé à ses pieds,
était là, aussi pâle qu'elle et les yeux remplis de
larmes; elle épiait chacun de ses mouvements
avec une attention affectueuse et dévouée.

Le docteur Guérin, un vieil ami du père
d'Elise, qui l'avait vu naître et qui l'adorait, se
tenait debout près de la cheminée; de temps en
temps il s'approchait sur la pointe des pieds, il

écoutait sa respiration, il lui prenait doucement
la main pour compter les pulsations de son
pouls ; enfin, son visage s'éclaira d'un rayon
de joie.

— Son pouls devient plus calme, dit-il à
l'oreille de Rose ; celle-ci leva les yeux au ciel
comme pour rendre grâce à Dieu dans une
muette prière.

Ces deux amis restés dévoués à la pauvre
victime, le bon docteur et la fidèle servante, restèrent plus d'une heure immobiles, retenant leur
respiration ; heureux de voir que la malade
dormait d'un sommeil moins agité, ils échan-
geaient de temps en temps un regard satisfait.

Soudain, la porte de la chambre s'ouvre avec
précaution, et Charles de Bray entre pâle et dé-
fait lui aussi.

A sa vue, comme mus par la même pensée, le
docteur et Rose s'élancent vers lui. Le docteur

le prend vivement par le bras et le reconduit en dehors de la chambre, en lui montrant la jeune femme endormie. Rose se place bravement devant la porte, et lui dit :

— Vous n'entrerez pas, monsieur; je ne veux pas que vous acheviez de la tuer.

— Au nom du ministère que j'exerce ici, ajouta le docteur, je dois aussi vous interdire l'entrée de cette chambre, monsieur.

De Bray était atterré...

— C'est donc vrai, balbutia-t-il, elle est perdue... Oh ! mon Élise...

— Et il se mit à sangloter.

Rose le regarda avec étonnement, puis s'approcha de lui, et lui dit :

— Vous pleurez, monsieur ! mais alors vous vous repentez... Mais alors, vous aimez encore madame !...

— Si je l'aime ! Tu me demandes si je l'aime,

Rose ! En ai-je encore le droit, moi, son bourreau ? Mais, vois-tu, pour la sauver, je donnerais ma vie. Tenez, docteur, je vous en conjure,
dites-moi toute la vérité. Je serai fort, car je ne
lui survivrai pas. Y a-t-il de l'espoir ?...

— Oui, sans doute, répondit le docteur ; mais
je dois vous avouer qu'elle a eu pendant quatre
heures une crise terrible ; sa raison était alté-
rée... Maintenant, voilà plusieurs heures qu'elle
repose. Comment sera-t-elle à son réveil ? Je ne
puis le savoir encore.

— Eh quoi ! vous croyez qu'elle pourrait se
réveiller folle ! Mais ce serait horrible... Oh !
misérable que je suis !

— J'espère que sa raison n'a été qu'ébranlée
et que ce repos salutaire ramènera le calme
dans son esprit. Mais je ne dois pas vous cacher
qu'il se pourrait aussi que sa raison ait sombré
complétement dans cette crise. Dans les deux

cas, je crois que si elle vous voyait près d'elle en se réveillant cela lui donnerait une émotion violente qui ne ferait qu'aggraver son état.

— Tenez, docteur, je vous en conjure, laissez-moi, dès qu'elle ouvrira les yeux, la prendre et la serrer dans mes bras, lui dire que je l'aime, que je l'aime plus que jamais! C'est mon cœur qui m'inspire, et je sens que c'est le meilleur moyen pour lui faire oublier tout cet odieux passé, d'une année maudite!

Le docteur hésitait.

Mais Rose avait aperçu Pierre dans le corridor, il lui avait fait un petit signe, elle était allée vers lui, et en deux mots il lui avait expliqué tout ce qui s'était passé.

— Oh! si c'est ainsi, je crois, docteur, que monsieur a une bonne idée; laissez-le aller vers madame, peut-être sa présence lui fera plus de bien que tous nos soins.

Le docteur Guérin avait apprécié l'inaltérable dévoûment de Rose pour sa maîtresse et aussi son intelligence ; il céda, et permit à de Bray d'entrer dans la chambre de la malade. Il alla tout doucement s'agenouiller près d'elle.

Le docteur et Rose, anxieux, restèrent sur la porte, observant et guettant son réveil.

Au bout d'un quart d'heure d'attente rempli d'angoisses, Elise fit un léger mouvement, puis elle ouvrit les yeux. Charles tenait tendrement une de ses mains dans les siennes, et il la regardait essayant de lui sourire à travers ses larmes.

La jeune femme le fixa d'abord avec des grands yeux étonnés, puis elle referma les yeux. Enfin, elle les ouvrit encore, et passant sa main sur son front, elle essaya de se soulever en poussant un petit cri effrayé.

Le docteur et Rose allaient accourir ; mais, de

la main, Charles leur fit signe de n'en rien faire :
Maintenant doucement la malade, il lui dit tout
bas :

— Il ne faut pas t'agiter, mignonne, car tu es
malade...

— Charles... Charles ! Est-ce possible ? C'est
toi qui es là !...

— Mais où veux-tu que je sois, mon Elise
adorée, si ce n'est près de toi ?

Elise referma les yeux et se laissa retomber
sur son oreiller.

— Je rêve, je rêve encore, murmura-t-elle.

— Non, tu ne rêves pas, mon Elise ; c'est bien
moi. Moi, ton Charles qui t'aime !... Mais je t'en
supplie, ne t'agites pas, car la fièvre revien-
drait. Il faut te guérir ; car, songes-y, si tu
mourais, moi aussi je mourrais, mais de désespoir !

Elise se souleva encore, et, fixant ses grands
yeux sur ceux de Charles, elle lui dit :

— Que me dis-tu là?... Tu mourrais de désespoir!... Mais alors... Et elle essayait de rappeler ses souvenirs.

— Mignonne, je t'en prie, sois calme, lui dit
Charles avec tendresse en couvrant ses petites
mains de baisers; sois calme, ou cette maudite
fièvre va revenir !

— Ah ! mon Dieu ! s'écria la jeune femme,
mais c'était donc la fièvre ? Oh ! quel affreux
cauchemar... Si tu savais, Charles !...

— Oublie ce cauchemar, et restes là bien
tranquille ; et alors, bientôt tu seras bien, et
nous pourrons quitter Paris, aller faire un beau
voyage dans le pays du soleil; cela te rétablira.

— Ah ! c'était la fièvre ? Quel bonheur... Dieu
que je souffrais, et que ce cauchemar était affreux ! Mais alors tu m'aimes toujours, Charles ?

Le jeune homme la serra sur son cœur, avec
un élan de tendresse sincère, en lui disant:

11.

— Oui, je t'aime, Elise : Je t'aime comme je
t'aimais la première année de notre union, et
comme je t'aimerai toujours !...

Mais il rougit soudain, il venait de se souvenir ! et ce fut d'un air humble et timide qu'il lui
dit :

— Mais toi, toi, mignonne, pourras tu m'aimer encore ?

— Il me demande si je pourrais l'aimer ?...

Tout en disant cela, Elise passait son bras
autour du cou de Charles, et elle appuyait sa
tête sur son épaule.

— Il faudrait me demander si je pourrais cesser de t'aimer, méchant !

Le docteur frappa un petit coup discret à la
porte, et il entra comme s'il venait d'arriver à
l'instant.

— Cela va mieux, beaucoup mieux, dit-il
d'un air joyeux, encore deux ou trois jours de

repos, et puis, chère enfant, je vous enverrai
passer votre convalescence en Egypte, si ce
voyage ne vous déplaît pas trop.

De Bray pensa à de Bannière. Certes, il ne lui
en voulait plus, mais il songeait que sa vue
pourrait rappeler un triste souvenir à la jeune
femme.

— Moi, je voudrais bien aller visiter les rives
du Bosphore ; et toi, Elise ?

— Oui, docteur, nous irons en Turquie, malgré votre ordonnance égyptienne ; le plaisir des
enfants gâtés, faire le contraire de ce qu'on leur
dit.

— Je vais sans pitié vous enlever ce plaisir, en
vous faisant observer que l'Egypte fait partie de
la Turquie, et n'est qu'une province de l'empire
Ottoman, donc en allant à Constantinople, vous
suivez encore ma prescription. Sur ce je laisse
ma chère malade, la confiant aux bons soins de

son excellent garde malade… Je lui recommande
du calme, afin que la fièvre et le délire ne viennent plus la tourmenter.

—Oh! s'écria Elise, je ferai tout au monde pour
que cet affreux cauchemar que m'a donné la
fièvre ne revienne plus me torturer, j'ai trop
souffert.

— Il ne reviendra plus, s'écria Charles, avec
conviction.

Le docteur Guérin s'éloigna tout heureux
de cette cure miraculeuse opérée par l'a-
mour… L'amour, se dit-il, tue tant de personnes qu'il est de toute justice qu'il répare
parfois le mal qu'il fait.

Huit jours après, de Bray partait avec Elise,
pour Marseille ; il avait hâte de fuir Paris plein
de souvenirs et de remords poignants pour lui.

La jeune femme était encore un peu faible et nerveuse; souvent, la nuit, son sommeil était agité et sous le poids d'un rêve elle prononçait des phrases incohérentes dans lesquelles le nom de Mme de Marnas se trouvait. Mais enfin les distractions du voyage et surtout la tendresse ardente que lui témoignait son mari finirent par rétablir le calme dans son esprit.

Charles, pendant deux ans, la fit voyager dans les différentes parties de la Turquie : ils ont passé un hiver à Jérusalem, un autre à Constantinople, ils ont visité la Valachie, les rives enchanteresses du Danube, et enfin Vienne la joyeuse capitale de l'Autriche.

Elise se souvenait-elle du passé?

Ceci est resté un secret même pour son mari, jamais elle n'y a fait la moindre allusion, jamais elle n'a prononcé le nom de son ex et perfide amie.

Rose, sa fidèle confidente qui l'avait suivie,
se demandait elle-même si réellement cette crise
terrible par une bizarrerie de la nature lui avait
enlevé la mémoire, car elle ne lui avait demandé
aucune explication sur ce brusque retour d'a-
mour chez son mari, et elle ne lui avait jamais
fait la moindre allusion ni à cette fatale année
passée par elle dans les larmes, ni à la scène
terrible de la lettre; elle avait l'air heureux,
elle était gaie, enjouée, et elle s'abandonnait
avec un bonheur confiant à l'amour tendre que
lui témoignait son mari, seulement, lorsque le
nom de Paris était prononcé devant elle, elle devenait rêveuse, puis adressant à Charles un regard anxieux, elle lui disait :

— Nous n'allons pas encore retourner à Paris, n'est-ce pas mon ami ? On est si bien ici.

Il l'embrassait tendrement en lui disant :

— Mais si tu aimes ce pays ci, nous y passerons

notre vie entière, partout où tu seras contente je serai heureux.

Alors elle redevenait gaie et rieuse, comme un enfant gâté à qui l'on a promis tout ce qu'il a souhaité.

Mais un jour elle se sentit prise d'un malaise lui annonçant que bientôt elle serait mère; sa joie fut immense et celle de Charles encore plus grande, ce bébé chéri, pensait-il, le protégerait à l'avenir contre toute tentation nouvelle et lui rendrait plus facile encore son dévouement de tous les instants à sa chère Élise.

Un jour elle dit en souriant à Charles : Dans huit mois je serai mère ; je ne crains plus Paris à présent, retournons dans notre hôtel.

Voilà huit ans d'écoulés depuis que ce drame terrible est venu troubler ce ménage heureux; Elise a un beau petit garçon de six ans, deux jolies petites filles ; de Bray est encore un mari

tendre et amoureux, et aussi un excellent père,
et la jeune femme n'a jamais depuis fait la moindre allusion à l'année de coupable égarement de
son mari, ni à la scène terrible, ni à Mme de
Marnas. Est-ce par un sentiment d'exquise dé-
licatesse, pour ne point humilier celui qu'elle
aime? ou réellement ce souvenir a-t-il été effacé
par son accès de fièvre nerveuse? Qui pourrait
le dire? Le cœur de la femme, même celui de la
femme la plus pure, la plus dénuée d'artifices,
contient toujours plus d'un mystère impénétrable.

Nul doute que le Sphinx, ce grand point d'in-
terrogation légué par les Egyptiens aux siècles
futurs, ne fût l'emblème du cœur féminin.

Pierre et Rose ont été emmenés dans leur
long voyage par M. et Mme de Bray. Elise a trop

bien pu apprécier le dévouement de sa fidèle
femme de chambre pour consentir à s'en sé-
parer, et de Bray a pris en réelle amitié ce bon
Pierre; il se dit avec effroi que si cet homme
s'était laissé gagner par l'appât de ces quinze
mille francs, lui, un honnête homme malgré
son entraînement coupable, il devenait le complice, moralement, d'une empoisonneuse, il
était involontairement, c'est vrai, mais enfin il
était la cause de l'assassinat de la plus vertueuse des femmes et, enfin, il se trouvait lié à
une abominable empoisonneuse ; car, se disait-il,
j'étais si bien sa dupe, que la croyant la plus noble des femmes je l'aurais épousée. Il frémissait
à cette pensée, et il considérait Pierre comme
son sauveur.

Celui-ci ne profitait de cette affection que lui
témoignait son maître, que pour faire son service avec plus de zèle et plus de dévouement, il

ne faisait jamais aucune allusion au drame : comprenant combien ce passé était douloureux pour
tout le monde mais surtout pour son maître, et
loin d'abuser de la situation que lui donnait
le rôle qu'il avait joué, il se montrait
plus humble et plus soumis que par le
passé.

Il n'avait point menti en assurant au commissaire de police qu'il était redevenu un honnête
homme, il n'était plus le même, car lui aussi
tremblait en songeant que si l'appât de cet argent dont jadis il faisait un dieu l'avait poussé
à obéir à Mme de Marnas, il ne serait plus qu'un
misérable assassin, et parfois lorsque Elise de sa
voix douce, lui donnait avec sa politesse ordinaire quelques ordres, il la contemplait avec
émotion, des larmes mouillaient ses yeux, et il
se disait :

— Et j'aurais pu empoisonner ce joli pe-

tit ange au profit d'un horrible coquine ! Oh !
maudit, maudit argent ! murmurait-il.

Il se sentait tout heureux du bonheur des
jeunes époux et de la brillante santé que le
bonheur ramenait à Mme de Bray : c'est pourtant
mon ouvrage se disait-il. Et il en était fier. Cependant quelque chose manquait à sa félicité. Il
aimait Rose de toute son âme. Jadis il lui faisait
une cour banale et lui répétait des phrases d'une
galanterie de mauvais goût, mais en la voyant
si dévouée à sa maîtresse, en la voyant pleurer
sur son triste sort, il s'était dit : Quel bon petit
cœur elle a ! Et son amour était devenu sérieux,
par conséquent honnête, aussi Pierre était-il devenu timide, il n'osait plus parler d'amour à
Rose, il craignait qu'en souvenir de ce qu'il était
jadis, elle n'eût pour lui que de la mésestime, il
préférait le doute à une cruelle certitude. Mais
il était malheureux, très malheureux.

Rose était trop femme pour ne pas deviner, au moins en partie, ce qui rendait Pierre taciturne et rêveur, elle se sentait aimée et un brin coquette elle s'amusait à tourmenter le pauvre garçon.

De Bray et sa femme habitaient une villa sur les bords du Bosphore. Un jour, Rose causait avec animation avec un fils de Mahomet, Pierre l'apercevait du salon de la villa et le démon de la jalousie inondait son cœur, car le Turc en question était un beau jeune homme. Rose se savait épiée, et la petite coquette accepta même un gros bouquet du musulman, puis elle lui fit un salut fort gracieux, et rentra dans la villa triomphante en se disant :

— Va-t-il enrager, Pierre, lorsqu'il verra ces belles fleurs, et elle en détacha une branche pour la mettre à son corsage.

Peine perdue, Pierre avait quitté le salon.

— Où est-il donc? demanda-t-elle à la cuisi-
nière.

— Oh ! dit celle-ci, je crois qu'il devient fou, il
était tantôt à cette croisée, puis tout à coup il
s'est levé brusquement, il pleurait à chaudes
larmes et, sans vouloir répondre aux questions
que je lui faisais sur la cause de son chagrin, il
est allé s'enfermer dans sa chambre.

Rose monta bien vite, elle trouva son amoureux pleurant en effet comme un enfant. Alors
avec une petite mine charmante, elle lui dit :

— Ne pourrait-on pas sécher vos larmes,
ami? ne pourrait-on rien vous dire pour vous
consoler?

— Non, non, murmura Pierre, mon chagrin est
trop grand.

— Ah ! fit la jeune coquette, si grand que moi-
même, je ne pourrais pas le faire cesser ! C'est
peu aimable ce que vous dites là !

— Si vous vouliez, certes, oui, vous pourriez non-seulement le faire cesser, mais encore me rendre bien heureux.

— Que faut-il faire pour cela? dit-elle, de sa voix la plus douce.

— Il faut, s'écria Pierre, en tombant à ses genoux, m'aimer un peu, car je vous aime de toute mon âme, et il faut m'épouser!

— Voilà ma main, Pierre, et mon cœur est déjà à vous, rien qu'à vous... Marions-nous, quoique j'eusse juré en voyant madame si malheureuse de rester toujours fille!

— Mais elle est si heureuse à présent, mademoiselle Rose, et puis j'ai si bien vu les dangers de se laisser ensorceler par une autre femme que sa légitime, que, croyez-le bien, je serai le mari le plus fidèle du monde.

— C'est égal, Pierre, je me méfierai des amies intimes, lorsque nous serons mariés.

— Et vous n'aurez pas tort, car si des mons-
tres tels que Mme de Marnas sont rares, il est, à
ce qu'il paraît, quelques amies intimes apparte-
nant à la triste catégorie des *amis intimes* des
maris.

— Mais, à propos, demanda Rose devenue
soudain soucieuse, et ces *beaux louis* que vous
disiez avoir à la Caisse d'épargnes?

Pierre, embarrassé, répondit : Ces *louis*, il
ne m'en reste plus un seul, je les ai retirés avant
mon départ de Paris et je les ai donnés au curé
de notre paroisse pour qu'il les distribuât aux
pauvres, car, voyez-vous, Rose, je craignais que
ce argent me portât malheur.

La jeune fille toute joyeuse lui sauta au cou
en s'écriant :

— C'est bien, c'est très bien, Pierre, et maintenant, je vous épouse sans crainte, vous êtes
bien vraiment un honnête homme.

M. et Mme de Bray firent dans leur villa même
la noce de leurs domestiques. Rose et Pierre
sont toujours à leur service, et la petite fille
qu'ils ont eue est élevée avec celles de
Mme de Bray, qui veut la faire élever et la
doter.

Mme de Marnas n'est point morte, grâce à un
contre-poison énergique et aux bons soins du
docteur Leroy.

De Bray, avant de quitter Paris, a fait agir de
puissantes influences afin d'obtenir que cette
tentative d'empoisonnement ne fût point pour-
suivie, et que cette triste affaire fût étouffée.
Il a fait valoir la situation d'Elise, et a fait comprendre que ce procès scandaleux qu'il serait
impossible de lui cacher, serait pour elle un

coup mortel, capable de remettre sa vie et sa raison en danger.

La police s'est donc contentée de signifier à cette femme l'ordre formel d'avoir à quitter la France, et de ne plus y rentrer.

Elle a choisi pour résidence l'Algérie, patrie d'adoption de trop de gens tarés et déconsidérés. On ignore son histoire à Alger, où elle tient salon. Se posant en femme incomprise, elle étale des sentiments romanesques, fait des phrases sur le cœur et la passion : elle a fait, me dit-on, plus d'une conquête dans cette ville, mais toujours elle a lancé ses filets à des hommes mariés à de jeunes et jolies femmes.

Pour elle, un cœur conquis n'aurait aucun prix s'il n'était volé par elle à une autre le possédant de par les serments sacrés du mariage.

Cette femme est née avec une vocation fatale : Troubler les ménages heureux ; lorsqu'elle y est

12

parvenue, le malheur de sa rivale ou plutôt de sa victime, les larmes qu'elle lui fait verser, viennent ajouter une âcre volupté à la joie de son triomphe.

Tout comme certains hommes ne font pas la cour à la femme de leur *ami intime,* par la seule raison que cette femme leur plaît, mais encore pour avoir la jouissance de tromper cet ami.

FIN DE L'AMIE INTIME.

L'HISTOIRE D'UN BOUQUET

L'HISTOIRE

D'UN BOUQUET

J'avais seize ans, j'étais gaie, rieuse, et très
enfant encore, si bien que je n'avais jamais
songé même à me demander ce que pouvait bien
être cet amour, dont le nom avait vaguement
frappé mes oreilles.

Mon esprit et mon caractère, étaient l'esprit
et le caractère d'une fillette, et non d'une grande
jeune fille, mon cœur doucement endormi dans
son innocence ne m'avait point donné signe de
vie.

J'étais heureuse, aimée, gâtée par des parents que j'adorais. Mais voilà qu'un jour mon père me dit d'un air grave :

— Ma fille, tu es en âge d'être mariée ; il se présente pour toi un excellent parti, M. de B... m'a demandé ta main, et j'avoue qu'il réunit toutes les qualités que j'ai souhaité rencontrer chez mon gendre ; mais je ne veux pas te marier contre ton gré, aussi malgré mon désir de te voir accepter ce prétendu pour mari, je te laisserai complétement libre, je l'ai seulement autorisé à venir te faire sa cour. Lorsque tu auras eu le temps de faire connaissance avec lui, et de sonder ton cœur, tu me diras si tu l'aimes et si tu consens à devenir sa femme.

La foudre serait tombée à mes pieds que je n'aurais pas été plus pétrifiée de surprise, que je ne le fus en entendant ces paroles.

Un mari !

Me marier! devenir la femme de cet inconnu qu'on appelait monsieur de B...; je n'en revenais pas; tout cela m'était annoncé si à l'improviste!

Enfin, j'étais foudroyée de surprise et d'effroi; car sans savoir pourquoi, j'avais peur de ce mari... et il me semblait aussi incroyable que cruel que l'on songeât déjà à me marier.

Je restais debout devant mon père, les bras pendants, la bouche béante, les yeux tout grands ouverts; j'avais la mine la plus piteuse du monde; aussi mon père ne put s'empêcher de rire aux éclats, ce qui augmenta mon ennui et mon embarras, si bien que je me mis à pleurer. Alors mon père me fit asseoir près de lui, et me dit avec douceur:

— Voyons, mon enfant, aie confiance en ton père qui ne désire que ton bonheur, et réponds-moi franchement : Pourquoi pleures-tu ? Pourquoi es-tu si consternée de voir que je songe à te marier avec M. de B...?

Je répondis que je n'en savais rien.

Et de fait cette réponse qui pouvait paraître stupide était la seule que je pusse faire, car je ne savais réellement pas pourquoi j'étais épouvantée et attristée à la pensée qu'on allait me marier.

— Comment, tu n'en sais rien! ce n'est pas possible, me dit mon père, tu n'es plus une enfant, te voilà une grande jeune fille, et tu dois bien savoir que le sort normal de toutes les filles, c'est de se marier...

Je n'osais pas répondre à cela, la vérité qui était que je n'y avais jamais pensé, et je gardai le silence.

Mon père devint soucieux, et fixant sur moi un regard scrutateur, il me dit d'un air presque sévère :

— Sois franche avec moi, Litta, car je suis en même temps que ton père ton ami le plus indulgent et le plus dévoué. Aurais-tu par hasard un amour dans le cœur?... Parle, et si celui que tu aimes est digne de toi, si c'est un honnête homme, n'aurait-il ni fortune ni position, que je te marierais avec lui; je t'aime tendrement et souhaite avant toute chose que tu sois heureuse...

Je l'ai dit, j'étais d'une humeur gaie et fort rieuse de ma nature. Cette pensée que mon père pouvait croire que j'aimais un monsieur quelconque... me donna une envie folle de rire... Aimer, moi! je n'y avais pas songé en vérité...

—Non, non, petit père, je n'aime aucun jeune homme, épouser M. de B... ou un autre m'est assez indifférent, c'est le mariage qui m'ennuie.

— Si ce n'est que le mariage qui te fait peur,

me voilà rassuré. Ainsi donc tu n'aimes personne?... insista encore mon père.

— Mais je vous aime, vous et ma mère de tout mon cœur, puis j'aime un peu mes fleurs et mes oiseaux...

— Et voilà tout?... fit-il en souriant.

— Mais, répondis-je, je trouve que c'est assez pour remplir mon cœur; tenez, si j'ai pleuré tantôt, c'est que ce mot mariage porte avec lui l'idée de séparation... Je serais si malheureuse de vous quitter.

Mon père m'embrassa affectueusement et m'assura qu'il ne me marierait jamais avec un homme habitant une autre ville, mais que M. de B... étant fixé comme nous à Paris, nous pourrions, quoique je fusse mariée, nous voir tous les jours.

— Du reste, ajouta-t-il, rien n'est fait, ce mariage dépendra de ta volonté, j'ai bien averti hier M. de B... et je l'ai autorisé à venir te faire sa cour, et à t'obtenir de toi-même.

— Mais, cher père, M. de B... m'a donc demandée en mariage?

— Mais oui, sans quoi je n'aurais pu l'autoriser à venir comme prétendu.

— Ah! mais si l'on doit épouser un homme que l'on aime pour être heureux, il faut sans doute aussi que l'homme, pour rencontrer le bonheur, épouse une jeune fille qu'il aime?

— Mais certainement, me répondit mon père, avec un peu d'humeur.

— Mais alors, M. de B... m'aime donc?

— Apparemment, dit mon père.

— C'est très drôle... car enfin, puisque je ne connais pas ce monsieur, il ne me connaît pas non plus; on peut donc aimer les gens sans les connaître?

Cette remarque embarrassa un peu mon père.

Ne voulant pas me répondre, il me dit en souriant :

—Allons, allons, petite curieuse, tu sauras tout cela plus tard. Pour le moment, va faire un brin de toilette pour recevoir convenablement ton prétendu.

—Ah! mon Dieu! m'écriai-je avec épouvante, il va donc venir ce soir?

Ma mère entra dans ce moment, et elle aussi me dit de monter bien vite chez moi pour changer de robe.

Je n'étais pas coquette, aller faire toilette ne m'amusait pas du tout, et je me disais que ce monsieur de B... était un vrai fâcheux de venir troubler ma vie par sa demande en mariage.

Pourtant, j'obéis sans faire aucune observation; tout le temps que passa ma femme de chambre à me recoiffer et à m'habiller, j'étais fort préoccupée de cette pensée: comment se fait-il que ce M. de B... m'aime et souhaite m'épouser ne me connaissant pas même de vue?

Je finis par demander à Mary, ma femme de chambre, si elle savait ce que c'était que l'amour? et comment il se manifestait dans le cœur. Elle se mit à rire et me répondit :

— C'est difficile à expliquer, mademoiselle, pourtant voici à peu près comment il arrive: Un monsieur voit dix, douze jeunes filles, belles, charmantes, il reste indifférent, et il les regarde comme l'on admire de jolies peintures. Mais voilà qu'il en voit une qui n'est ni plus belle ni plus aimable que les douze autres... et pourtant, en la voyant, son cœur bat... Il se sent ému, troublé; eh bien, c'est l'amour qui commence à envahir son cœur. Il en est de même pour la jeune fille : ainsi, vous, par exemple, mademoiselle Litta, vous avez vu sans doute beaucoup de beaux jeunes gens, vous

13

êtes restée indifférente à leurs douces œillades,
à leurs tendres compliments... Mais un jour
vous en rencontrerez un dont le regard vous fera
rougir, dont la voix fera battre bien fort votre
cœur ; ce sera l'amour qui vous rendra visite,
mademoiselle.

J'avais écouté cette appréciation de l'amour
d'un air soucieux et incrédule.

— Ce n'est pas cela, tu n'y es pas, Mary, car on
n'a pas besoin de connaître pour aimer... Ainsi
on me présente ce soir un prétendu qui m'aime
et qui ne m'a jamais vue.

Mary hocha la tête et me répondit :

— Alors, ce monsieur aime votre dot et non
pas vous.

Ma mère entra à cet instant, elle arrangea ma
coiffure, jeta un coup d'œil sur ma toilette et
elle me dit en souriant :

— Tu peux descendre, tu n'es point trop laide

ainsi, et si ton futur n'est pas de mon avis, il sera par trop difficile.

Je suivis ma mère en silence, j'étais triste, la dernière phrase de Mary m'avait péniblement affectée... Il aime votre dot et non vous!... Oh ! je sentais que je détestais ce monsieur de B... et je me disais. Je ne l'épouserai pas... bien certainement, je le refuserai.

Comme je venais d'entrer dans le salon avec ma mère, un domestique apporta un gros beau bouquet, en disant :

— De la part de monsieur de B... pour mademoiselle Litta.

— Ton prétendu fait bien les choses, dit ma mère, il se fait précéder par un bouquet, il a deviné que tu adores les fleurs.

En effet, j'avais la passion des fleurs, aussi je m'avançai curieusement pour examiner ce bouquet, que ma mère venait de placer dans un vase posé sur la table. Il était composé de huit fort belles roses à peine épanouies, entourées de ces grosses violettes doubles d'un lilas-rosé, les roses appartenaient aux espèces les plus rares.

Mais tout en examinant ce bouquet, un sentiment pénible s'empara de moi ; cette pensée me vint qu'il pourrait bien être un message de malheur pour moi, involontairement je détournai mes yeux de lui avec effroi.

Il n'était que neuf heures, M. de B... ne devait venir qu'à dix heures, pour prendre le thé avec nous. Mon père se plongea dans la lecture de son journal ; ma mère prit un livre ; moi je m'assis à ma place ordinaire, près de la table, et je me mis à broder ; le bouquet se trouvait ainsi tout près. De temps en temps, je jetais un regard furtif sur ces belles fleurs dont le parfum suave arrivait jusqu'à moi ; j'aurais bien voulu que, s'animant et prenant la parole, elles me

donnassent quelques renseignements sur ce
M. de B... Pour tout au monde, je n'aurais pas
osé demander à mon père ou à ma mère si ce
monsieur était jeune ou vieux, beau ou laid.

Je repassais dans mon esprit les figures et les
tournures des hommes qui venaient chez nous;
mon père ne recevait point de jeunes gens mais
seulement de ses amis, de ses vieux camarades
tous mariés; je dois avouer que cette évoca-
tion me rendait d'humeur maussade, car je ne
voyais que figures sévères, revêches ou grotes-
ques.

S'il allait ressembler, pensais-je, au docteur X... C'était un homme sec à la face ridée,
quoiqu'il fût jeune encore, et avec des yeux
rouges d'un regard déplaisant. Je jetai un
coup d'œil de travers sur le bouquet et j'avais
envie de le lancer par la fenêtre. Puis me venait, devant les yeux, la grosse figure rouge de

M. d'Angle... je voyais son nez en trompette, sa large bouche, son dandinement ridicule; j'entendais sa voix éraillée et pleurarde et je regardais mon bouquet d'un air ironique, j'avais envie de lui rire au nez.

Enfin, je revoyais passer devant mes yeux ou dans la lanterne magique créée par mon imagination tous les maris que je connaissais; tous étaient laids, grincheux, ennuyeux ou ridicules; et consternée, je me disais : mais ils sont affreux les maris !

La pensée me venait alors d'aller embrasser mon père et de le supplier de ne pas me marier, mais j'avais peur qu'il se moquât encore de moi, comme tantôt, et je me contentais de regarder le malencontreux bouquet, d'un air furieux. Dès ce soir, je vous jetterai par la croisée, jolies fleurs, car je vous déteste à cause de celui qui vous envoie, leur disais-je tout bas ; mon courroux contre elles était si réel que j'éloignai un peu ma chaise de la table pour que leur parfum n'arrivât pas jusqu'à moi.

Mais voilà que soudain, une figure non évoquée se présente à mon souvenir; celle d'un beau jeune homme brun avec de grands yeux noirs, un air doux et aimable, une taille élancée et une tournure des plus élégantes; j'avais vu ce jeune homme à l'église de la Madeleine les deux derniers dimanches, il se tenait debout près du bénitier, et lorsque j'avais passé devant lui, il m'avait bien regardée, puis il s'était incliné respectueusement devant ma mère et moi, mais ce jour-là, qui était un dimanche, je ne l'avais point retrouvé à son poste.

Je n'avais pas fait grande attention à ce jeune homme, je n'y avais plus pensé depuis : d'où vient qu'à ce moment-là, son souvenir me revenait, pourquoi se présentait-il devant les yeux de mon imagination?

Je n'en sais rien; mais ce dont je me souviens encore fort bien, c'est que je souris malgré moi à cette apparition charmante, et tout en me disant : si c'était lui! je sentis que mon cœur battait plus fort, et que mon front se colorait. Je fermai les yeux pour mieux revoir la gracieuse image, puis je me rapprochai de la table, le parfum de ces belles fleurs me semblait doux à respirer; enfin, machinalement et sans me rendre compte du mobile qui me poussait, je me levai et tout en faisant semblant de chercher un peloton de laine, je cueillis prestement une de ces belles violettes rosées, et je la mis dans mon corsage. Au même instant, j'entendis sonner. C'était M. de B... sans doute, je repris la violette, me disant : Oh! si ce n'est pas lui, je te foule aux pieds, pauvre petite fleur...

On annonça M. de B..., je levai les yeux avec un cruel sentiment d'angoisse. Je repoussai bien vite la chère violette dans mon corsage, et j'étouffai un soupir de contentement, car c'était lui !

Mais vous dire combien je tremblais! combien j'étais troublée ! Quel salut gauche je lui fis... Je n'entendis pas ce qu'il me disait, tellement mes oreilles bourdonnaient, et je ne sais vraiment pas quelle phrase stupidement bête je lui répondis. Dieu que je dus lui paraître niaise !

Et comme j'étais désolée de me montrer sous un jour si désavantageux.

Ma mère eut pitié de mon embarras, elle me dit de préparer le thé, ce qui me donna le temps de me remettre ; ensuite, M. de B... ne me regardait pas, il causait avec mon père et avec ma mère, ceci m'enhardit au point que j'osai jeter un regard furtif sur lui. Il était en vérité fort

13.

joli garçon M. de B..., et je me dis avec une certaine satisfaction qu'il ne ressemblait en rien aux maris des amies de ma mère, que j'avais vus à la maison ; enfin, tout en préparant le thé, mon imagination travaillait autant que mes mains et je me faisais le raisonnement suivant :

—Il est venu à l'église, il nous a saluées, donc il connaissait ma mère ; sans nul doute il venait pour me voir avant de me demander en mariage... En tout cas il m'a vue, et il m'a demandée après, c'est donc qu'il m'aimait.

Ceci me faisait un plaisir infini, car alors la phrase de Mary : c'est votre dot qu'il aime et non vous, ne pouvait plus être vraie. Je servis le thé, j'eus même le courage de lui présenter sa tasse, et je pus sans trop trembler lui dire : « Un ou deux morceaux de sucre...? peu ou beaucoup de crème...? »

Le thé pris, il vint s'asseoir bien gentiment près de moi, il me parla musique, me dit qu'il savait que j'avais une jolie voix et qu'il espérait bien qu'un jour je la lui ferais entendre ; enfin il parla fleurs, je le remerciai de son superbe bouquet, en lui avouant que j'adorais les fleurs.

— J'en étais bien sûr, me dit-il, aussi me suis-je permis de vous envoyer ces quelques roses.

— Elles sont bien belles, dis-je, et je vais les soigner moi-même pour qu'elles se conservent longtemps : il me baisa la main fort galamment et un peu tendrement pour me remercier de cette phrase, et il me dit :

— Dimanche prochain je vous enverrai d'autres roses. Je tâcherai de les trouver encore plus belles que celles-ci afin qu'elles ne soient pas trop éclipsées par vous. Il ajouta en me fixant de ses grands yeux noirs : C'est un dimanche où, pour la première fois, j'ai eu le bonheur de vous voir. C'est en souvenir de ce bonheur inappréciable que je veux vous offrir un bouquet chaque dimanche... Puis, d'un air ému, il me dit, mais plus bas, de façon à n'être entendu que de moi : Mon vœu le plus cher, c'est de pouvoir vous offrir pendant toute ma vie, ce bouquet du dimanche.

Je fus toute troublée de cette déclaration détournée, je baissai les yeux et me tus ne sachant trop que lui répondre ; mais je me disais en moi-même que mon prétendu était fort aimable.

Il nous quitta, emportant la permission de mon père de revenir passer la soirée de mardi chez nous. Je fus fort enchantée de songer que je le reverrais bientôt, et je commençais à me dire, qu'après tout, un mari comme M. de B... n'était point si effrayant que je l'avais cru.

Le lendemain je descendis de bonne heure au

salon, j'avais rêvé de mon beau bouquet, il m'avait semblé, dans mon rêve, sentir le suave parfum de la rose uni à la senteur de la violette ; je le trouvai tout frais et tout embaumé, je le changeai d'eau moi-même et je repris une de ces chères petites violettes pour la cacher dans mon corsage. Pendant toute la journée du lundi et du mardi je travaillai assise près de la table, si bien que ce bouquet me forçait par sa vue et par son parfum à songer toujours à lui.

Le mardi soir il arriva à neuf heures, je lui su gré d'avoir devancé d'une heure sa visite.

Ma timidité diminuait et ce soir-là je ne me fis pas prier pour faire de la musique. Je chantai même un air de *Robert,* il eut la bonne grâce de trouver ma voix fort belle ; à son tour il chanta, et sa voix me troubla singulièrement ; elle était vibrante, sympathique et il chantait avec âme,

et même avec passion parfois. Mais je n'osais
pas lui dire combien sa voix me plaisait. Enfin,
nous chantâmes un duo, un duo d'amour.
Comme il avait l'air de m'adresser toutes les
phrases brûlantes d'amour qui se trouvaient
dans ce duo, je fus déconcertée, émue et je
chantai de travers... Dame, c'est que j'avais
moi aussi à lui faire une déclaration dans ce
maudit duo, et je tremblais, et je n'osais pas.

Mais ce soir-là je trouvai mon prétendu encore bien plus aimable, et avant de quitter le
salon je m'approchai de mon bouquet, et tout
bas je fis à mes fleurs cette grave confidence.

Il devait revenir le jeudi soir.

Mon bouquet n'était point fané encore, mais
pourtant, il avait perdu son parfum ; j'enlevai
avec soin les violettes fanées, je coupai les tiges
des roses fanées aussi, j'ôtai les feuilles jaunies,

et ainsi arrangé il avait encore l'air frais. Si bien que le jeudi il me dit en souriant :

— Si j'étais fat, je serais bien heureux, car ce bouquet a été bien soigné ; mais hélas ! je ne suis pas fat, et je n'ose trop me réjouir, car enfin il y a deux manières d'aimer les fleurs : pour elles-mêmes, et pour celui qui vous les a offertes.

— Devinez, lui répondis-je, de quelle manière j'aime ces fleurs-là.

— Je n'ose chercher à deviner ; car, si vous ne les aimiez que pour elles-mêmes, je serais trop malheureux.

Je ne voulus pas lui dire la vérité, qui était que je les aimais beaucoup pour elles-mêmes, et un peu pour lui.

Le dimanche suivant, il m'envoya un second bouquet, encore plus beau que le premier. Il était composé d'une gerbe de roses sur tiges

de toutes les couleurs, mélangées avec des bran-
ches de lilas blancs,

Ces fleurs me firent un plaisir infini ; il me
semblait qu'elles me disaient que mon futur
m'aimait bien ; il me semblait qu'elles étaient
chargées par lui de me parler d'amour, j'éprouvais une sensation étrange à respirer leur parfum ; jamais, à respirer la senteur d'autres
fleurs, je n'avais éprouvé cette sensation-là.

Le premier bouquet était encore sur la table,
bien fané, il est vrai ; pourtant je ne fus pas
ingrate envers ce premier messager d'amour.
Je lui donnai un regard de regret avant de le
jeter ; une rose était encore jolie et fraîche,
je la gardai et la plaçai dans mon corsage.

Pendant cinq semaines, mon prétendu vint
régulièrement, d'abord trois fois par semaine,
puis enfin chaque soir : et tous les dimanches il
m'envoyait un beau gros bouquet. Chose singu-

lière : mais, pour moi, le bouquet était intimement lié dans ma pensée à mon futur, et j'aimais
ces fleurs presque autant que je l'aimais lui-
même ; car, après ces cinq semaines de bonnes
causeries avec lui, je l'aimais déjà, mais beaucoup, et je ne demandais plus à Mary ce que c'é-
tait que l'amour, mon cœur réveillé m'avait expliqué ce charmant mystère.

Lorsqu'il était près de moi, je me sentais heureuse ; lorsqu'il s'éloignait, mon cœur se serrait,
il me semblait que le lendemain serait bien long
à venir ; je distinguais le bruit de sa voiture, je
reconnaissais sa manière de sonner, et j'aurais
reconnu son pas entre mille ; son regard me
troublait, et cependant il me charmait, je le
cherchais et ne pouvais le soutenir... C'est qu'il
était bien doux et bien tendre son regard, lorsqu'il se fixait sur moi surtout !

Tout le jour, pour prendre patience et atten-

dre cette soirée désirée, je regardais mon bouquet, je le soignais, je respirais son parfum, je
lui confiais tout bas combien j'aimais celui qui
me l'avait envoyé... Il me semblait que ces
belles fleurs me faisaient pour lui un aveu d'a-
mour.

Lorsque vers le vendredi, et surtout vers le
samedi, ces fleurs bien-aimées se courbaient
tristement sur leurs tiges, qu'elles s'effeuillaient,
que leurs feuilles jaunissaient et se séchaient, je
me sentais, moi aussi, devenir triste, je me
figurais que cela me présageait qu'il ne m'aimait plus. Mais le dimanche arrivait et avec lui
un autre beau bouquet, frais, splendide et embaumé, venait me dire qu'il m'aimait beaucoup,
mais beaucoup... L'arrivée de ce bouquet était
attendue par moi avec autant d'impatience que
j'en avais de le voir arriver lui-même, et sa vue
me faisait aussi bien battre le cœur que celle de

Juan. Il s'appelait Juan, un nom doux à prononcer.

Depuis le quatrième bouquet je n'avais pu me décider à jeter les fleurs fanées, j'avais caché dans ma chambre, dans une armoire, mes bouquets desséchés.

Sans le vouloir c'est par une de ces fleurs que je lui fis mon premier aveu. En remplaçant le bouquet fané par le frais, j'avais, comme toujours, gardé la fleur la plus fraîche et je l'avais mise dans mon corsage, mais ce dimanche-là elle était mal caché, traîtreusement elle sortait à demi, et Juan me dit tout à coup :

— Quelle est cette bienheureuse petite fleur, si bien placée sur votre cœur ?

Etourdiment je répondis :

— C'est une rose du bouquet de dimanche dernier. Nous étions seuls dans le salon, et voilà qu'il se met à genoux, devant moi, qu'il prend ma main et qu'il me dit :

— Je vous en supplie, dites-moi si vous aimez cette fleur pour elle-même ou bien un peu aussi pour celui qui vous l'a donnée?

Son regard était si suppliant, que je n'ai pas eu le courage de mentir, et je lui dis :

— Je l'aime un peu pour elle et beaucoup pour celui qui me l'a envoyée.

Alors il couvrit ma main de baisers et je sentis une larme tomber de ses yeux sur ma main. Oh! que cette larme me rendit heureuse, car je devinais que c'était un gage d'amour réel et sincère.

Quelques instants après, mon père rentra dans le salon; on parla musique. Juan parla de la nouvelle chanteuse qui avait débuté aux Italiens dans le *Barbier*. Il me demanda si j'aimais les Italiens, et je lui avouai que je n'avais jamais été à aucun théâtre.

Mon père lui fit sa profession de foi, qui était

qu'on avait le plus grand tort de mener les jeunes filles aux théâtres et aux bals, et qu'à son avis ce genre de distraction n'était convenable que pour les femmes mariées.

Juan approuva la manière de voir de mon père.

— Pourtant, dit-il, on pourrait faire une légère exception pour les Italiens. Mlle Litta adore la musique. Je suis sûr qu'elle serait contente d'entendre cette nouvelle étoile, et d'entendre le joli opéra de *Rigoletto ;* on le joue jeudi. Si vous le permettez, je vous apporterai une loge pour ce soir-là.

Mon père répondit en souriant qu'à présent il ne voyait plus d'inconvénient à ce que j'allasse au théâtre, et il accepta la loge.

J'avais un grand désir de savoir enfin ce que c'était qu'un théâtre ; aussi je sus un gré infini à mon prétendu, d'avoir eu la bonne pensée de décider mon père à m'y conduire.

Lorsqu'il vint s'asseoir près de moi, je l'en remerciai tout bas fort chaleureusement, et comil me disait : Je suis sûr que vous passerez une soirée agréable à entendre cette charmante musique et ces excellents chanteurs. Je lui fis observer qu'il serait plus aimable à lui de dire que *nous* passerions une soirée agréable.

— Et quoi ! me demanda-t-il d'un air tout joyeux, est-ce que réellement vous me permettez de vous accompagner ?

— Moi, certes, avec plaisir et je pense que mon père et ma mère seront aussi très contents que vous veniez avec nous.

Il alla vers mon père et il lui dit :

— Entendez-vous ce que me dit Mlle Litta... me permettez-vous de vous accompagner ?

— Moi, lui répondit mon père, je vous ai dit il y a six semaines que je vous accepterais avec plaisir si ma fille vous aimait... C'est donc à elle seule que vous devez demander cela.

Il revint vers moi, et se mettant encore à genoux, il me dit :

— Mademoiselle, si vous acceptez que j'aille avec vous dans votre loge au théâtre, vous me présentez à la galerie comme votre futur, vous me faites passer de la position indécise de prétendant à celle de futur... Eh bien, dites, dois-je aller aux Italiens?

Je répondis bien bas : oui! mais il l'entendit cependant, et fou de joie, n'osant m'embrasser, il alla se jeter dans les bras de ma mère, qu'il appela sa bien-aimée mère; puis, il embrassa mon père; qui, lui aussi, avait l'air très content de mon oui! car il vint vers moi, me serra dans ses bras avec effusion, puis il dit à mon futur :

— Juan, venez embrasser votre fiancée.

Juan me déposa un long baiser sur le front, et ôtant de son petit doigt une bague ornée d'un riche brillant, il la passa à mon doigt en me disant :

— C'est celle de ma mère, acceptez-la; si elle vivait, elle l'aurait offerte avec joie à une fille qu'elle aurait adorée.

Et voilà comment mon prétendu devint mon fiancé.

Le jeudi, parée d'une belle robe que ma mère m'avait fait faire pour cette soirée, robe décolletée, la première que je portais, et avec des fleurs dans les cheveux, j'attendais mon fiancé dans le salon ; la glace m'avait dit que j'étais jolie avec cette toilette et à présent j'étais fort coquette, car je voulais que Juan ne me trouvât pas trop laide, aussi j'attendais sa venue avec impatience : il vint enfin, et ses yeux me dirent la même chose que mon miroir m'avait dite.

En quittant la voiture, il m'offrit son bras, il paraissait tout fier et tout heureux de me conduire ainsi au milieu de cette foule, et moi j'étais aussi très fière de mon fiancé, que je trouvais cent fois plus beau, plus distingué que tous les hommes que je voyais.

En entrant dans la loge, j'aperçus un fort beau bouquet, Juan l'avait placé là pour moi. Impossible de dire toutes les impressions de cette soirée : la musique me grisait, les lumières m'éblouissaient, ces riches toilettes que j'apercevais tout autour de moi m'étonnaient. Enfin j'étais toute émue de me trouver assise à côté de Juan, au milieu de tout ce monde qui braquait sur ma loge des lorgnettes indiscrètes.

— On se demande quelle est cette nouvelle reine de beauté, me disait-il ; demain, je gage, tous les journaux parleront de la merveilleuse

14

beauté qui a fait ce soir son apparition dans le monde.

Cette curiosité m'intimidait, et ces lorgnettes me paraissaient fort impertinentes, mais l'en-tr'acte fini, j'étais tout oreilles et tout âme à la musique, qui me tenait sous le charme et qui, en même temps, me causait une sensation si vive qu'elle en devenait pénible.

Je me souviendrai toute ma vie de cette soi-rée. Juan avait tant de tendresse et d'amour dans le regard que je m'en sentais frissonner; puis tout bas, il me disait : Je t'aime, Litta... et moi je répondais : Je t'aime, Juan... Cette musique me semblait faite tout exprès pour fêter notre amour qui, ce soir-là, éclosait dans nos âmes avec plus de force... Pour moi, je commençais à comprendre, sous l'inspiration de cette musique, l'amour ardent qui conduit à la passion:

Mon père voulut laisser écouler la foule et nous sortîmes les derniers de notre loge. Mon père passa le premier, puis ma mère; je restai seule une minute avec Juan; par un mouvement plus prompt que la pensée, il m'attira vers lui et il posa ses lèvres sur mes lèvres : ce fut un baiser de feu. Je me sentis chanceler et devenir plus pâle qu'une morte, ma mère se retournant fut effrayée...

— Elle va se trouver mal, dit-elle, avec effroi.

Mon père me demanda ce que j'avais, je répondis que je n'avais rien, que la chaleur m'avait seulement donné mal à la tête.

Mais j'eus la fièvre toute la nuit; je sentais toujours sur mes lèvres ce baiser brûlant, puis j'entendais cette délicieuse musique, et le matin, en me réveillant, il me semblait que mes lèvres brûlaient encore.

Le soir, Juan vint dîner avec nous ; il supplia

mes parents de fixer à courte échéance le jour de nos noces ; mon père les fixa au 1ᵉʳ mai, c'est-à-dire à trois semaines de là ; je ne protestai pas contre ce terme si rapproché, car j'étais maintenant d'avis qu'un prétendu est un homme charmant, et qu'un mari pourrait bien être beaucoup moins effrayant que je ne l'avais cru.

Ces trois semaines s'envolèrent avec rapidité. Juan venait me voir deux ou trois fois par jour. Nous sortions ensemble, on nous laissait souvent seuls, et nous conjuguions le doux verbe aimer des heures entières !

Enfin, le 1ᵉʳ mai, nous fumes unis à la mairie, et le 2 au matin nous recevions la bénédiction nuptiale dans l'église de la Madeleine, dans cette même église où pour la première fois j'avais vu Juan.

On avait décidé que nous irions faire un voyage d'un mois en Italie, et l'avouerai-je, moi qui aimais pourtant bien tendrement mes parents, qui étais si désolée deux mois auparavant, de songer que le mariage me ferait quitter la maison paternelle, je fus pourtant enchantée à l'idée de ce voyage, car j'allais pouvoir, pensai-je, m'isoler avec celui que j'aimais, dans un long et charmant tête-à-tête.

En sortant de l'église, nous rentrâmes dans la maison de mes parents, mes caisses étaient prêtes ; je ne fis que changer de toilette, et nous montâmes en voiture pour nous rendre au chemin de fer.

Comme l'amour absorbe et rend ingrat !.. J'ai honte d'y songer, je ne versai pas même une larme en disant adieu à ma bonne et tendre mère et à mon excellent père. Je leur dis : Au revoir ! dans un mois ; et je partis presque gaiement, sans donner un regret à cette maison où j'avais passé seize années, calme et heureuse, et

14.

que je ne devais plus habiter, car à notre retour il était convenu que nous nous installerions
dans l'hôtel de mon mari, qui était tout prêt à
recevoir sa jeune maîtresse.

Oh! oui, l'amour rend les jeunes filles bien in-
grates... et je suis sûre que ma mère a dû au
fond du cœur souffrir en me voyant partir si
absorbée de l'amour nouveau qui était venu dans
mon cœur, en tiers avec l'amour filial, et qui
déjà paraissait absorber complétement l'autre.

Mary, ma fidèle femme de chambre, m'accom-
pagna au moment de monter en voiture ; je me
souvins tout à coup de mon beau bouquet de
roses, celui qu'il m'avait donné le dimanche,
il était encore tout frais, tout embaumé; et je
donnai l'ordre à Mary d'aller bien vite me le
chercher. En me le voyant emporter, ma mère
se récria :

— Et quoi! tu vas t'embarrasser de fleurs en

chemin de fer, ce n'est pas raisonnable, laisse donc ton bouquet ici...

— Laisser mon bouquet, vous n'y songez pas, chère mère; mais ces fleurs sont pour moi une parcelle du cœur de Juan; elles ont été les fidèles messagères de son amour, et vous voulez que je les abandonne !

Mon père me dit en riant que malgré mon titre de madame, je n'étais qu'une enfant. Mais Juan me sut gré, lui, de n'avoir pas oublié ces chères fleurs, car dès que la voiture eût pris la route de la gare et que nous fûmes en tête-à-tête, il m'embrassa tendrement en me remerciant d'avoir songé à elles.

Maintenant j'avais bien le droit de lui dire tous les secrets de mon cœur ! Aussi je lui racontai toute l'histoire des bouquets. L'impression du premier reçu, la haine et l'ironie que j'avais eues pour lui en évoquant les figures des

maris que je connaissais ; puis la tendresse dont
je m'étais sentie saisie pour ces mêmes fleurs,
lorsque la gracieuse image du jeune homme de
l'église s'était présentée d'elle-même à mon souvenir... Je lui dis tout, je lui parlai même de la
petite violette enlevée prestement par moi et si
bien cachée ; enfin, je lui confiai combien d'intimes confidences j'avais faites à ces fleurs alors
que je n'osais encore les faire à lui, et combien
elles me parlaient de lui en son absence ; si bien
qu'en les voyant près de moi, en respirant leur
suave parfum, il me semblait qu'il avait laissé
dans ce bouquet tout son cœur et toute sa tendresse.

Il paraissait bien heureux en m'écoutant ; il
me conta aussi le bonheur qu'il avait éprouvé
en apercevant à demi cachée dans mon corsage une rose fanée d'un de ses bouquets.
Cet aveu involontaire de mes sentiments l'a-

vait, disait-il, rendu le plus heureux des hommes.

Oh! comme il comprenait bien cette douce superstition qui me faisait unir dans mon cœur les fleurs offertes par lui à sa tendresse! Comme nous nous comprenions bien!

—J'aurai toujours mon bouquet de dimanche, n'est-ce pas Juan?

— Certes, me répondit-il, je n'oublierai jamais de te l'offrir, puisqu'il est chargé de te dire combien je t'aime... et surtout puisque ces fleurs charmantes ont la bonté infinie de te faire penser à moi lorsque je ne puis être auprès de toi.

Nous avons passé en Italie un mois d'ivresse et d'amour, un mois dont les heures m'ont peru n'avoir qu'une minute...

Tous les dimanches, Juan me quittait un instant par aller me chercher un bouquet superbe; j'aimais tellement mon mari, que, ne sachant lui exprimer tout ce que mon cœur contenait pour lui de tendresse, je prenais encore ces fleurs pour confidentes, et lorsqu'il n'était pas là, je leur disais mille folies.

En retournant à Paris, nous passâmes par Marseille; nous revenions de Naples en bateau, c'était le samedi; sans rien me dire, il télégraphia à Nice, à l'illustre écrivain jardinier, Alphonse Karr, et le dimanche il m'arriva de Nice une superbe gerbe de fleurs.

Le lundi, nous quittâmes Marseille pour prendre l'express de Paris, je remis mes fleurs dans la petite caisse, dans laquelle elles m'étaient arrivées; j'enveloppai leur tige d'une serviette mouillée, et, grâce à ces soins, en arrivant à Paris; je vis avec plaisir qu'elles n'étaient point fanées.

Mon père et ma mère nous attendaient à la gare, je fus bien heureuse de les revoir et eux

tout contents de voir combien leurs enfants s'a-
doraient. Ma mère, pendant toute la semaine,
vint me voir tous les jours et elle m'aida à
m'installer dans mon nouveau logis, dans l'hôtel de mon mari, et Juan profita de sa présence
pour aller voir ses hommes d'affaires et pour
aller revoir ses amis.

J'étais toute peinée de ce qu'il restait si longtemps absent du logis, il me semblait que tout
au plaisir de revoir Paris il était préoccupé et
moins à moi, mais mon bouquet était là, et ces
fleurs me disaient : il t'aime.

Malgré tous mes soins, les deux voyages
qu'elles avaient fait furent la cause que le samedi elles étaient non-seulement fanées, mais
toutes desséchées. Juan était sorti après le dîner,
me disant qu'il était désolé de me laisser seule,
mais qu'il était forcé d'aller au cercle voir un
ami; il tardait bien à rentrer, le temps me sem-

blait long, je regardais ce bouquet avec tristesse en le voyant desséché, en voyant ces
fleurs mortes. Cette pensée traversa mon esprit, qu'elles étaient le présage de mon bonheur déjà terminé, et qu'ainsi qu'elles l'amour
de mon mari était mort... C'était fou, stupide, enfantin... mais, que voulez-vous...
je n'avais que seize ans et demi et j'aimais!

Je me mis à pleurer; Juan, en rentrant me
trouva pour la première fois tout en larmes. Il
m'en demanda le motif avec étonnement; je n'o-
sai lui avouer la folie qui m'avait passé par la
tête, et lui répondis que je pleurais parce qu'il
restait longtemps absent. Il se moqua de l'enfantillage de son cher enfant gâté; il me con-
sola bien vite... et je m'endormis en me disant:
Ai-je été assez folle! mes fleurs sont fanées;
mais demain j'en recevrai de toutes fraîches qui

viendront me dire que l'amour de Juan est toujours aussi vif.

Le lendemain, mon mari me pria d'aller à la messe avec ma mère : il avait, me dit-il, une course à faire dans la matinée. C'était la première fois depuis notre mariage qu'il ne m'accompagnait pas à l'église ; pourtant, pour ne point le contrarier et ne pas me montrer exigeante, je ne lui dis rien, et je dissimulai la peine que j'en éprouvais. En sortant de l'église, je pensais à mon bouquet; je me dis : Il aura été le commander à la même bouquetière qui les lui faisait pour Mlle Litta, et je rentrai gaiement..... Juan n'était pas encore rentré, je cherchai le bouquet dans les salons, dans ma chambre; vainement, il n'y en avait aucun; je fus dépitée, mais je finis par me dire: Il va me l'apporter lui-même.

Il rentra à midi.

15

Il n'avait pas de bouquet... Il n'avait pas l'air d'y songer.

Une grande tristesse m'envahit,.. Je mangeai à peine.

Après déjeuner, il me demanda si je voulais sortir ; je répondis que je me sentais souffrante.

— Eh bien, reste, et repose-toi, me dit-il ; moi je sors un instant.

— Allons, allons, me dis-je, je me désole toujours pour rien, il va acheter mon bouquet ; il n'aura pas eu le temps ce matin.

Je m'assis près de mes pauvres fleurs fanées qui étaient encore là et j'attendis.

Hélas ! j'attendis en vain, non-seulement mon cher bouquet n'arriva pas, mais encore Juan ne rentra qu'à sept heures, et il n'avait pas la moindre fleur.

Le dîner fut fort triste, j'avais le cœur bien gros, et je faisais des efforts inouïs pour refouler les larmes qui montaient à mes yeux. Juan paraissait préoccupé et de mauvaise humeur.

Après le dîner, nous passâmes au salon, je m'assis près de la table où était le bouquet de l'autre dimanche, sa vue me fit tant de mal que j'éclatai en sanglots.

Il me demanda ce que j'avais. Alors, me jetant à son cou, je lui dis : Juan, je pleure, je suis malheureuse parce que tu ne m'aimes plus.

— Es-tu folle? me dit-il avec plus de surprise que de tendresse, qu'est-ce qui te fait supposer une chose pareille?

Je lui montrai les fleurs fanées, je croyais qu'il allait tomber à mes genoux et s'excuser ; pas du tout.

— Eh quoi! me dit-il en riant, c'est pour un bouquet que tu te désoles ainsi, est-ce raisonnable, je te le demande? Songe, je t'en prie, que tu n'es plus une petite fille, que te voilà mariée, et que tu dois avoir du bon sens.

Je fus si saisie de cette phrase, que je restai sans voix, enfin je parvins à surmonter mon émotion.

— Est-ce sérieux, Juan, ce que tu me dis là? Tu ne me donneras plus mon bouquet du dimanche?

— Mais non, me dit-il, ces enfantillages-là ne sont excusables qu'entre deux amoureux ; entre mari et femme, ils deviennent ridicules ; tu aimes les fleurs ; eh bien, donne l'ordre à Joseph de te faire garnir tes jardinières, toutes les semaines, et je t'en prie, ne me fais plus de scènes ennuyeuses pour des fleurs.

Je restai anéantie ; quelque chose se brisa dans mon cœur ; je sentis que mon bonheur était fini, et que Juan ne m'aimait plus ; mais je ne lui dis plus rien ; mon cœur blessé dans sa fierté dissimula sa douleur. Il sortit pour retourner au cercle ; je fus bien aise de rester seule pour pouvoir pleurer à mon aise.

Chères fleurs fanées et desséchées, vous êtes tout ce qui me reste de mon bonheur enfui... un souvenir.

A partir de ce jour-là, j'ai compris que j'étais devenue la femme de mon mari, mais que j'avais cessé d'être son amante.

Cruelle découverte... car pour moi, il était toujours mon Juan adoré, mon amant chéri.

Si le bonheur m'avait dit adieu... le malheur pourtant, n'était point encore venu me visiter.

Juan m'aimait moins, mais enfin il m'aimait et, pensais-je, il n'aime que moi.

Hélas ! c'est encore un bouquet... qui a été pour moi un message de malheur, et qui est venu m'enlever cette dernière et suprême illusion.

Un jour, je passais sur le boulevard de la Madeleine, j'aperçus mon mari à quelque distance de moi, montant lui aussi le boulevard, je pressai le pas pour le joindre lorsque la vieille madame de X..., amie de ma mère, m'arrêta ; tout en causant avec elle, je le vis... oh ! bonheur... entrer chez la marchande de fleurs... Enfin, me dis-je... il se repend, il va me commander un bouquet et, en effet, hier soir il a été bien tendre pour moi ! Mon cœur battait bien fort, et tout en causant avec Mme de X..., je ne quittai pas des yeux la porte de la fleuriste. Je ne voulais plus rejoindre mon mari, je préférais qu'il ne me vît pas et lui laisser le plaisir de me surprendre par l'envoi de son bouquet.

Je le vis sortir, emportant, lui-même, un énorme bouquet ; il traversa la chaussée, monta dans un fiacre en donnant une adresse au co-

cher : Il me l'apportait lui-même ! Quelle joie !
Je pris congé à la hâte de Mme de X...; je sautai
à mon tour dans un fiacre et je dis au cocher :

— Allez aussi vite que possible, telle rue, tel
numéro.

Je voulais arriver aussi tôt que lui. J'étais
pressée de recevoir ce bouquet qui m'annonçait
que Juan m'aimait encore comme aux premiers
jours de notre union.

Je descendis, leste et joyeuse, en donnant cinq
francs au cocher.

— Monsieur est-il rentré? demandai-je à la
concierge.

Sur sa réponse négative, je montai quatre à
quatre notre escalier. J'étais enchantée d'arriver
avant lui.

Mais un quart d'heure se passe... puis une
heure... puis deux heures... puis trois... et il
ne venait pas... et mes fleurs non plus.

Il ne rentra qu'à six heures... et il n'avait pas le moindre bouquet.

Hélas ! il était pour une autre femme !

Depuis ce jour-là, mon malheur est complet.... et j'ai pris les fleurs en horreur. Je n'en ai jamais chez moi, et si je passe devant un magasin de fleuriste, je détourne malgré moi la tête, et mes yeux se mouillent de larmes amères.

FIN DE L'HISTOIRE D'UN BOUQUET

www.ingramcontent.com/pod-product-compliance
Lightning Source LLC
Chambersburg PA
CBHW071859020726
47502CB00003B/821